不可見的光

Invisible Light

井迎兆——著

目次
Contents

序

井迎兆

我從二〇〇六年開始寫部落格，剛開始時寫得很雜，呈現的都是些生活裡的小事，微小的感動，和隨手拍攝之一些印象深刻的畫面。到後來，寫比較多純文學的東西，好像這是創作中自然形成的路。將它們行之於文字，是一種捕捉、安慰，也是一種沈澱、整理，希望累積久了，能看出點什麼大的圖像。

有一天，我忽然覺得應該回頭整理寫過的東西，像排拼圖一樣地排列一下。當我定睛一看，發現我所寫的東西，不外乎是圍繞在我的妻子、兒子、父親、母親、哥哥、妹妹，還有其他的親人身上的事件與記憶，是我對他們的愛、怨恨、矜持、悔意與喜悅等各種情感的表達和宣洩。因此，本書可說是我對生命的思索、隨想，是我感情的紀錄。內容也許無關緊要，但這記錄卻能幫助我瞭解自己，用客觀的眼觀看自己，以某種程度地解剖自己，或許能達到自我療癒的功能。

另外，本書也是關於我對文學的想像，以及對生活的反芻。

我仍將它稱為「視像文學」。每當我寫作的時候，我總是先有意象和圖像在我心中，如電影一般。有時候，只是一張相片，含著特殊的意境。然後，我試圖將它描繪出來，故事也是這樣像土地發苗一樣地延展開來的。它與我心中的視像是關連的，而語言和文字的工作，就是試圖勾勒我心中的視像，有點像電影的腳本，不過它是以文學的樂趣來解構並書寫電影的劇本。

隨著我的性格特性發展，真實與幻想有時會混合，現實與超現實會雜揉，事件與哲思會摻合；思想會成為事件，真人也會成了虛擬。但大部分時間，我還是很寫實的人，總不偏離對現實的注視與關愛。

因為我喜歡攝影，所以影像常是我啟蒙的老師。它有時成了有生命的活物，指導著我的思維旅程。只要我專心注視影像，就會有千百種思緒串流。我就開始捕捉思緒，像夜裡捕捉螢火蟲一樣。幸運的時候，一篇文章就會寫成，有時一個故事就發展出來，當然不見得篇篇都有完美的結構，有時甚至純粹只是一種意象的勾勒與書寫。但我藉著這樣的程序與過程，漸漸使我從電影跨界到文學的領域，而有一種「互文」的愉悅。也就是「文中有影」，「影中有文」，所謂「文影交融」也。

而本書對於讀者能做些什麼呢？我不敢奢求太多，我只希望，我身為人夫、人父、人子、人弟、人兄和貓主的經歷，比較特別的是其中收錄了我太太的一篇文字，是回應我的育兒經驗的感言，我覺得挺好，有了兩性觀點，而且心路歷程彌足珍貴。藉著陳述我個人如氣泡一般，隨時間快速消解在空氣中的屬世和屬靈的經驗和感覺，只希望能帶給讀者一點娛樂、驚訝，或者思索。但這也只是非常薄弱的一種希望而已，如果你能不嫌棄地花費一點時間翻閱本書，而且能夠進入我所描繪的情境的話。

最後，如果你終於痛苦地決定要看看本書的話，我仍然衷心地希望你能享受本書的閱讀，像我當初撰寫時所經歷的難言苦痛或怦然喜悅一樣。

願你喜樂！

卷一 妻

寒冬裡的**暖意**

去年的最後一天，我要求和妻子一同散步，散步是我們許久沒做又奢侈的事了。

那天我心裡溫熱，想要消解一下腹悶，所以提議出去走走。妻子說好啊，並且提議可以去全聯福利社買些物品，便準備了包包與空袋子，預備裝要買的貨品。我們都不知要買些什麼，只覺得夫妻很久沒有這樣的閒情逸致和機會出去散步。管他買什麼，想到可以買些東西，心裡不免有點莫名的興奮，有點像小孩子聽說可以買麥芽糖的感覺，雖然這感覺已經很遙遠了，幾乎淡忘了。能運動、散心，還能購物，一舉數得，所以我主動催促著妻子出門。

我們輕輕地上路，那年的冬天特別冷。我想起大學時和妻子的約會，她還是我的女友，是位膽子很大的女孩子。有一次我們也像那夜一同散步，我害羞得不敢碰她，只是躡蠕地走在她身旁，她看我太怯弱，把我手一抓，往她肩膀一搭，突然間她就在我的膀臂之下，我心裡是又懼又喜，一路飄飄然，不知身在何處。

妻子不間斷的說話，讓我又回到現實，心裡不覺莞爾。現在我們也牽著手，雖然我們都年過半百，我們作為伴侶的關係卻歷久彌新。

我們在全聯福利社買了些零食，想要當作禮物送給在美國的妹妹，每半年我都要到美國拜訪她，最主要是看兒子，兒子國二就隻身赴美留學，最初妹妹照顧他，後來年紀漸長，輾轉寄宿在不同的家庭與地點，經歷獨自的成長，消化文化、語言和種族等多重障礙與困難，現在總算大四了。做父親的我，想到這裡，不免心疼，只是無法表達心中的隱痛。

妻子對兒子的成長，一直倚靠神的帶領，現在兒子不在身邊，我們倆老，算是面臨空窗期，我們彼此依靠，在寒冷的冬夜，用彼此微握的手，傳遞溫暖。

晶瑩之夜

二〇〇八年的最後一個夜晚，我和妻子一樣在晚飯後出外散步。妻子一樣多話，我們沿著山邊的道路走著上坡路，她氣有點喘，但興致盎然地講著對世界末日的預言和啟示的事。她總是充滿熱情地講述著，而我則常陷入糾葛的思緒，不知如何回應她所提出那麼大的議題。

我們走完山路，總是會繞道到一個小學的操場裡繼續在走路裡禱告。那裡路是平的，所以是我們禱告的時間。她禱告的項目總是超前我許多，她會為著以色列、阿拉伯、世界、國家禱告，我則只關心到某些人，住在附近的朋友、弟兄姊妹，或者家人。她會為著教會的合一禱告，我則常為自己的工作與心情禱告，比較起來，我顯得非常小家之氣，而她則關懷面比較廣大。雖然如此，我想神應該不會與我計較，我總覺得需要照著我的度量來祈求，叫人生長的乃是神，我只能求神擴大我的度量，能為更多更大的人和事來祈求。

有時候，我還會因為她禱告的內容而被激怒，因為我會莫名其妙的覺得被定罪。每當發生這種情形，我就會想回家，但她卻要繼續留在操場，所以我會先走回家，留下她一人繼續繞著操場禱告。操場邊緣有個足球場，有一群年輕學生在水銀燈下踢足球，而妻子則一人走在黑暗的操場跑道上。

二〇〇八年的最後一夜，我並沒有棄妻而去，我陪著她走完所有路程，然後我邀請她到學校外的一處有聖誕燈飾的角落。一棵棵的樹幹和枝葉間，被繞上了一圈圈的燈飾，看起來晶瑩剔透、光彩奪目。照慣例我還是攜帶了照相機，來到那裡，我異常興奮，抓了相機就拍。

而妻子本來常跟我說，我拍這類的東西已經太氾濫了，應該換種風格，Enough is enough，言下之意就是要我不要再拍類似的東西了。不過今夜，妻子沒有阻止我，她還很樂意地與我同行，而且在燈飾下自由遊走著，我像是個快樂的兒童，恣意地按著快門。

愛的池水

每當我在部落格上寫些我過去不堪的情景，或心裡壓抑的情緒，當然不代表我現在還活在那樣的感覺裡。然而，對於我的妻子而言，卻又是一種無法理解的驚異與錯愕。妻子會以高亢的聲音叫著：「好恐怖呀！你怎麼會有這種想法？」起先我會被這種反應嚇著，以為我做了什麼連自己都沒發覺又恐怖的錯事，在小心詢問後，才知道她是針對我過去的情緒來說的。

真的，我也不知道自己過去為何這樣拘謹，活在一種情感與行為都在拘限的框框裡，但心靈與實際卻多少帶有邪惡本質的狀態，是一種矛盾的人格。妻子與兒子都是我的受害者，卻難言其害為何。只有我自己知道，我的說話和行為模式，使得他們在過去更少享受人生，很多專長和美好的性格，被我扼殺，或者只能在有限的框框裡，與人生奮戰。第一個要奮戰的對象，就是我；我的性格，我的記憶，我的憂鬱。

妻子會嫁給我，可能是因為她喜歡我的文才，絕不是我的長相。我和妻子認識時，正值我對文學狂熱時期，一天到晚向她吐露我在文學裡的享受，因為在我的現實生活裡，是相當貧瘠的，完全缺乏創造的能力，一種觀察生活的變化，開創未來契機的能力。那是我所缺乏，是我數十年後才發現一種非常重要的人性品質。我有一種很沈重的中國傳統知識份子的責任感，可以說是一種包袱，外面包裝得很體面，裡面卻有很多敗絮。可是我仍然覺得我是個照著規矩行事的人，應該不會有錯誤的人生臨到我。而事實上是，那種影響是無形的，但力量卻是長遠的，有許多人會因我們的想法、性格與行為模式而受害。

出乎我意料的，妻子沒有斥責我在文章中對過去的坦白，她反而急於要在我部落格中給我回應，我說：「你告訴我就好了。」妻子回答說：「不行，我要寫。」我說：「這不成了閨房大曝光了？」妻子很樂觀地說：「不會。」

我很感謝妻子有個開朗的性格，雖然有時叫我受傷，但我若沒有她在旁邊的平衡，我很難想像今天會成什麼樣子。人都是在錯誤中成長，願神給我們智慧力量，使我們看清自己的真相，突破自己的限制，能向更自由與開闊的天空飛翔。只要有意願，加上行動，我們就能改變。這也是妻子常跟我說的話。當我寫這些話時，心中仍然浮現昨晚的圖畫，妻子在看完我的文章後，激動得跑來給了我一個擁抱，短小的身軀，有力的手臂，緊緊扣著我，叫我感覺如浸潤在一種愛的醫治的池水裡一般。

夜遊

只要晚上我們有空，我和妻子就會出門散步，繞行我家後山山邊小道，邊走邊聊，主要是為了運動，但是無形中也多了一段夫妻談心的時間。

我原先覺得有點浪費時間，但妻子相當熱中，屢邀我陪同行走，為了保護妻子，所以就開始養成晚間散步的習慣，而我也漸漸覺得那的確是一段可以安靜思想的時間。

剛開始妻子會不斷說話，從開始到結束，話匣子從未停過，有時會惹了我的氣，我就會在比較安全的路段先行回家，留下妻子一人，繼續走禱，那是她覺得最飽足的時間。有幾次，妻子在開講了十五分鐘後，突然停下來，說：「好，給你十五分鐘，換你講了，我安靜。」我會一下子間感到受寵若驚，而正當我猶豫不知如何開口的時候，妻子又會不自覺的說了起來，完全忘了她希望聽我講話的允諾。我也會很自然地繼續聽講，完全忘了她曾要求我講話的事。

每次和妻子出去，我最常講的事，往往是一種屬世的遐想，比如想要有個大房子，有個寬敞的書房，可以擺得下冬天和夏天的衣服，不用每到換季就為重新擺放衣物煩惱。若有個院子，我就可以種果樹，每年可以吃自己種的果子，那是何等愜意的事。但這樣思想往往無法持久，頃刻之間，我們的話題馬上會回歸現實，比如身邊的親戚、朋友的情形，手邊忙碌的工作與事務等。我們會為許多煩惱的事禱告，我只想利用這段時間清靜我們的心思，讓我們能重新得力。對妻子而言，這段時間卻是極好的說話時間。妻子藉著說話，而我藉著聽話，一同清理了我們的心思。

有一次，妻子突然對我說：「我發現我完全不認識你。」這句話讓我心裡一驚，在持續聽話的行進中，突然一下子不知該如何繼續安心地聽下去。幸好妻子繼續講話，並沒有給我辯解的時間，把她前一兩天對我的不滿、不解與不快，一股腦兒的傾洩出來。我雖想生氣，但心底卻覺得好笑，我們結婚二十五年了，仍然像個小孩子似的，常有意外的誤會和怨怒。唉！就當作是敘事治療吧，我們需要彼此療傷，否則這世上還有誰能為我們做這事？

每次的散步，我們都有進步，口角的次數越來越少，我會更專注於周遭的一草一木，房子、鄰舍、路過的行人、路燈、月亮、夜間的空氣和顏色，我發現身邊有許多的事物能抓住我的注意力，而妻子也絕不孤單，他仍然有說不完的話，而且相當陶醉於那樣說話的氣氛裡，而我陪著妻子所走的路程也就越來越遠，完全超出了我當初所能接受的度量。

舊造新粧

昨晚，妻子在Skype上問我，你知道我在想什麼嗎？我說，什麼？過了一會兒，妻子說，你會知道的。我愣了一會兒，突然靈機一閃，啊！對了！晚上出去吃飯。妻子回答，對，並且她有個地方想帶我去。我心裡又是一陣喜樂，不免又想起，難道是漢堡王？如果是的話，那妻子真是太寵我了。但心裡面又有聲音響起，不會的，那是頭號垃圾食物。

妻子回到家後問我，你想吃中式的還是日式的？我想到天天都吃本國食物了，實在沒什麼新鮮的，所以當下就說吃日式的。我們騎著摩托車，穿梭在人車雜沓的小鎮上，妻子雙手從機車後座擁抱著我，讓我有種幸福感，有這麼愛我的人抱著我，我必須好好珍惜這一刻。

我們來到妻子預備帶我去的那家日本料理店，結果店面已經改主，成了房地產經紀公司。所以，我們就沿街繼續往下騎去，到了圓環處，找了個路邊停車，仰頭一看，就看見一家日本料理店矗立在二樓上，還蠻靜雅的感覺。我們毫不猶豫地進了這家座落在二樓的日本料理店。

可能是經濟不景氣的原因，店裡空蕩蕩的一個客人都沒有。裡面是狹長型的空間，沿著牆擺了兩長串的餐桌，料理吧台有個穿著和服的師傅在處理食物，溫暖卻不昏暗的燈光從牆壁反射過來，整體給人明窗淨几的感覺。和師傅穿著相同制服的老闆娘親切的上來打招呼引座，妻子選了一個靠窗的座位。照以往的經驗，我會猶豫很久該如何點菜，點了之後仍會後悔點菜失敗。不過這次妻子很豪爽的就為我們兩點了兩份定食，因為老闆娘熱切推薦菜餚，所以我們又點了一份甜點。

看起來和吃的時候都感覺精緻而量很少的日本食物，讓我還是吃撐了肚子，想不出來，到底是哪樣食物讓我肚子感覺脹的。不過，在整個外出用餐的過程中，我們沒有為一件事情吵架，這就讓我感覺難能可貴而有相當的飽足感了。

妻子在和我初識的時候，我們也有一同到餐廳用餐的時候，我記得妻子是個有潔癖習慣的人，用餐期間，不斷用紙巾擦拭桌面，清理所有桌面上的殘渣水漬，一直保持著整個用餐環境的整潔。今天，我們對彼此都沒有什麼好虛飾或矯情的，我們吃得相當盡興，不去要求對方也不伸張自己，我們都找到一個中庸之處，讓我們能悠然自處與互待。

回家時，我們跨坐在摩托車上，等了一個很長的紅燈，但我們都安靜地等著，沒有不安與聒噪。

人間美味

今天我一下班，就打電話給妻子，問她在哪裡。她說還在學校，再半小時就可以回家了。然後，她似乎心知肚明地問我，你想去吃東西嗎？我說，對。心中又是一陣喜樂。

最近妻子得了重感冒，支氣管炎，胸痛又咳嗽，很受煎熬。她感受到我想去外食，所以就主動提議了。我回到家後就急切等她回家，不過妻子回家後，疲累不堪，躺在沙發上就睡了。我不好意思吵她，只有讓她先休息再說，心裡盤算著出去吃什麼。

約莫半小時後，妻子醒了。問我要去哪裡吃？我說：「漢堡王」，心裡有點擔心妻子會火大，竟然去這種速食店用餐。十幾年前，我們還在國外求學時，我的岳父母從台灣來看我們。我提議要請岳父母吃漢堡，因為那是我當時認為最具代表性，個人也最喜愛的「美」食，對於剛從國內來到西方的家人而言，一定要讓他們嚐嚐什麼是西方美食，我心目中的人間美味。畢竟，那是我主觀的認定。

結果是引來一場不小的爭鬥，妻子和我幾乎為此事鬧翻，在我岳父母面前，我被釘得體無完膚，無地自容。可是，我當時竟不明白，為什麼我的好意被誤解成不懂體貼。這事幾乎要等到十幾年後，我才漸漸明白，原來漢堡是許多人心目中的垃圾食物，真的是不值一試的，當然包括我的妻子和岳父母在內。妻子是懂她父母的心，所以極力阻止我作那樣的提議，但我卻礙於自尊，無法收回成命，堅持要吃漢堡。但是，最終我也忘了，我們到底去了吃什麼東西，只記得那次令我顏面盡失的爭吵。

不過，今晚的漢堡之旅，卻是相當甜蜜的。妻子對於我的「漢堡王」提議，似乎完全沒有不愉快的記憶，而且很爽快的答應了。為了不讓妻子失望，所以我提了一個不一樣的提議，就是：「我們去吃摩斯漢堡好了」。畢竟，吃什麼並不重要，重要的是，我們的心是顧到彼此的，想到此處，在漸涼的冬夜裡，我心中不免泛起陣陣暖意。

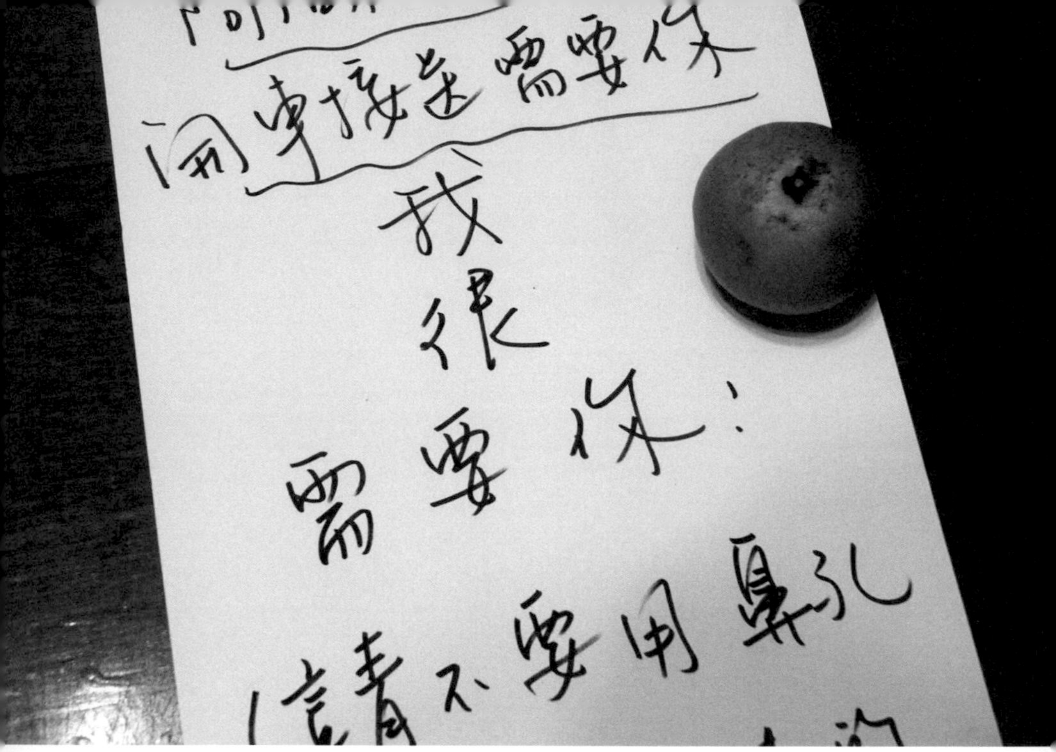

驚異的字條

我前天晚上回家，打開客廳紗門，看見地板上在黑暗中隱約露現一條白色的像布條似的東西，筆直的鋪在地板上。

我心頭一驚，一時竟無法想像出那是什麼東西。所以趕快打開燈一看，原來是一條白色的超大又長的字條，上面擺放著當作紙鎮的柳丁，看看筆跡，竟是妻子的留言。上面寫著她多麼需要我之類的話，像是一首歌謠，還帶有韻律感，一時心中莞爾，愣在當場。

妻子回來後，告訴我為什麼會做這件事。她說以前她去我大學宿舍看我時，我也用字條和她玩尋寶的遊戲。當她進我房間後，會先看見一張字條，要求她找尋第二張字條，而第二張字條又給她一些暗示，要求她找第三張字條。依此類推地，她必須找到最後一張字條後，才能指示她寶物的所在地。她說當時她下了班後來大學看我，我還給她出這個遊戲，害她找得好累，我聽了直笑。

最原始的時候，是我哥哥給我玩的遊戲，他常會把要給我的東西藏起來，然後用字條引導我尋找的路線，我總是得花上一段時間，才能尋獲寶物。其實也不是什麼寶物，只是那尋找的過程刺激了我，給我帶來許多探險和搜尋的樂趣。我如法炮製地，應用在當年和我仍是男女朋友的妻子身上，我找到了我的樂趣。

當晚，妻子跟我講他如何在廁所構思，怎樣寫這張超級字條時的情形，顏面露出愉悅的表情。這讓我想起，當初我自己在設計那一連串的指示條，使它們彼此連結，一個引導一個，缺一不可，掛一就會漏萬，那種娛人樂己的心情。剎那之間，我突然感覺到當時年輕的光彩，又重新浮現在妻子的臉龐上。

光影流年

聖誕夜，我和妻子一同出外吃晚飯，我們很少外食，所以一同出去，我格外興奮。

也許自小到大就很少外食，出去總是不知如何點食，而且為了決定吃的地點，常會猶豫半天，想要省錢，又不想太難吃。我常羨慕別人在外食時，能很自在地點選食物，沒有一點憂慮關於錢帶得夠不夠，或者會不會太奢侈了等問題。為了避免以上的麻煩，所以我常選擇乾脆就不外食。

但今晚妻子說是聖誕夜，要出去慶祝一下。應該說是解放吧，因為基本上我們是不過聖誕節的。但為了我們自己的緣故，我們就騎著摩托車往市集裡去。在上車的時候，我們商量要吃什麼，妻子說，可以去吃日本料理，我咕噥著說：「可是我不知道怎麼點耶！」我們跨上車往外出發後，妻子說：「捷運旁有一些快炒的攤子，可以點些海鮮或小炒類的」突然我心裡又出現了點菜的恐懼症，所以有點猶豫，口裡卻說：「路邊攤不衛生耶！而且也不會點。」其實我壓根就是怕上館子，只要需要面對點菜，我就望之卻步。我只敢去吃麵店或點速食簡餐什麼的，上那不須花腦筋的餐館，如漢堡王之類的，我最開心。最後我們得到共識，就是去吃小歇，我腦海中出現了雞腿飯的影子，於是加了油門驅車前去。

說真的，我應該是怕付帳吧。去餐館吃飯，總是要算帳的，出門前要付出你所吃的代價。錢雖然對我現在的收入並不成問題，但是潛意識裡，我仍然活在貧民戶的身份裡，我簡直把自己當貧民了，不但身無分文，而且無家可歸，只是徒具虛表，實則內裡空洞，以致當面臨出手時，會不自覺地感到有缺乏的恐懼。雖然自己荷包常不虞匱乏，但碰到付帳時，總難免要摧肝裂肺一番，真可謂是一毛不拔。

我和妻子來到小歇店的門口，妻子卻看上了另一家餐館，也是間簡餐店，但價格較高。妻子看上了那家餐店門口菜色的廣告，並說服我進了那家餐館，她說總是要有點變化吧，我終於首肯。進餐館後，當然是由妻子負責點菜，我們點了一道炒年糕，一個泡菜鍋，一份泰式烤雞餐後。妻子仍要繼續點，我說夠了夠了，吃不飽再點。妻子同意了，但一直想再點一份炒青菜。

我們吃飯時，可能飢餓使然，都狼吞虎嚥地專注於食物和吃的動作上，甚至很少對談，這一餐不到半小時就結束了。有一道炒年糕因沒有鹹味，所以我們請老闆再炒一遍，後來打好包，我們離開了飯店。吃飯對我們來說，真的只是為填飽肚子，沒有太多文章可做。

來到街上，一股年輕時的活力似乎奔馳了出來。捷運站泛紫光的霓虹燈架矗立在夜空下，街道旁樹上和灌木叢上掛滿了不斷閃爍的小燈泡，零星的行人走在被路邊暈黃的小燈泡光線所浸盈的人行道上，和捷運建築輝映下來帶紫色的螢光燈光線的斑馬線上，在冬日寒意瀰漫的夜裡，叫我們不由得地被某種莫名的興奮驅動著，我們四處遊走著，努力的觀看和呼吸。

仔細回想，我和妻子已經至少有十年以上，未曾有過這樣的放逐，單單為了我們自己沈澱多年的矜持，找到短暫而珍貴的解放吧。

我們看雲去

開車往媽媽家途中，注意到因地熱而冒起的高雲，昨天從淡水回北投時就看見這景象，可惜因在高速公路上無法停車拍照，只好帶著望雲興嘆的心情離開。

第二天，開車上路，又看見相似的景象，雖然不如昨天的壯觀，但味道雷同，於是跟一旁的妻子說：「我要停車拍照。」太太也不反對，我就把車停靠路邊，拿著向機開始拍照。

上了車後，繼續往前駕駛，到了十字路口，看見景緻更是壯麗，於是在車中就拿起像機要按快門，結果相機突然畫面一黑，宣告沒電。只好抱著遺憾的心情，繼續前行。

兩天後，太太提起我們看雲的事說：「我很慶幸有你作我的丈夫，因為沒有其他的男人能像你一樣，滿足我各面的需求。比如，那天我們會停下車來看雲，這就是絕無僅有的品味，這點上我們是一致的。」我轉頭注視著太太安詳的臉，心中也覺得慶幸。

雲確實是司空見慣的景象，但我們都願意停下腳步，駐足觀看身邊的美景，想想我們在其中的地位，的確有淨化人心的效果。當然，能夠同心，一齊做一件事，也不失是件美事。但願有一天我們都老邁時，我還能很豪邁地跟我的妻子說：「走！我們看雲去。」

卷二 兒

吃美地的出產

記得我在台灣和兒子通電話時，他就告訴我，他和Aaren一起把院子做了些整頓，要讓我來時吃驚。

我如約前來，看見院子四圍全變成了菜園，果實纍纍，真的是讓我笑逐顏開。這也許是兒子成長過程裡，千百件令我吃驚的事裡，最讓我驚喜的一件呢！為什麼呢？我自己思索，應該是傳統中國人有務農的本性，潛意識裡就崇尚有生產力的生活吧。看見一叢叢綠色植物，雖小，但竟有果實結在其上；從蕃茄、小黃瓜到草莓，墨西哥辣椒、藍梅到玉米，蘋果、檸檬、無花果，種類繁多，美地蔬果，一應俱全，真是超出我所求所想，對這樣的安排，作父親的夫復何求？畢竟，我還是相當講求實際的人吧。不能說見錢眼開，但卻是見果顏開啊，真的像漁夫從水裡拉起活蹦亂跳的魚時一樣的喜樂。

說到兒子的室友Aaren，個子精壯，為人老實，和我兒子一同在教會裡服事。曾聽他說起小時和祖母學種菜，每季都有不同的蔬果收成，他常吃自己地裡的出產，培養了他對種植的興趣。他常在餐桌上跟我談起，他想和兒子一同整理院子，開闢個菜園，那將是一件令他極為渴慕的事。我可以感受到他在言談間對此事活躍的興致，以及他面上閃耀的眼神。沒想到，半年後，他們實現了他們的諾言。對於此事，我當然是樂見其成的。

我小的時候家窮，所以媽媽也會利用家外的院子或沒人用的野地種些蔬菜水果的，主要是為了當食物擋飢。到了長大，寸土寸金，根本沒有土地可種了。母親還是會在陽台上的盆景裡，種些覃花，她會用所有剩餘的食物當肥料，澆在盆內土上。植物每年都開花，收成的覃花，成了媽媽最有效的潤肺補品，她用自己發明的煮法，治好了他年輕時的咳嗽和多痰。至今，她對此事仍津津樂道。有時候，我患了感冒咳嗽，她就會從冰庫裡拿出一袋她冰凍的生覃花，要我回去切碎熬湯喝，可以治久咳。我不記得有沒有治好病，只記得吃自己土裡的生產，是件感覺極好的事。

這種感覺就在我兒子的家裡得到發展。早晨，我看見兒子從院裡摘的蔬菜擺在桌上，隨口就吃了一顆小黃蕃茄，一個紅蕃茄，兩顆藍梅，抿抿嘴唇，吸一口氣，在心裡讚嘆道：「嗯！感覺真好。」吃自己土裡的生產，真有化腐朽為神奇的美妙感受。塵土變化出甜美多汁的水果和蔬菜，完全沒有了土味，只有甜味和蔬果特有的香味，這不是奇妙的事，那又是什麼呢？

各種蔬果，都有它自己的時令，什麼時候該下種，什麼時候可收割，都有一定的節期，完全不能勉強。如果你的安排得當，對種的植物的種類和地點有適當的調配，那麼，你將可以有持續的收穫，幾乎在每個時節裡。只是當果子全都成熟時，你該怎麼辦呢？會不會滿地落果，蠅虫為患？到時候再憂慮吧，先享受它成長的過程再說。

水果與時令蔬菜，是神給人最健康的食物，美味可口，沒有後患。它們從地裡長出來，也像人是從塵土轉換過來。所以，照道理，從塵土裡出來的東西，都是要給人享受的。人、動物、食物、植物、礦物及水等，都從土裡來。人身上所有生命的組織，也是由土裡來的各種礦物元素所組成的。至於是怎麼組成的，這是神的智慧，不是我們能夠測度的。

如果以上的道理成立，那麼，我們這個人應該也是要給人享受的。怎麼享受呢？就是我們給人的感受，說話與言行，我們對人的服務，我們在別人身上所做的事吧。只是，我們能否成為別人的享受呢？像植物在我們口中的滋潤、甘甜？我們的說話和行為，是否能在別人心中造成甜美喜悅的感受？像櫻桃一樣的甜潤爽口？我們在別人身上所做的事，真的對別人有益嗎？像青辣椒一樣，真實的醫治人的肚臍，滋潤人的百骨嗎？

柑橘之國

北加州的冬天還是挺冷的，奇特的是柑橘特多，幾乎家家戶戶都可種柑橘，而且收成也特別好。

我家後院鄰舍的院子裡就有一棵橘子樹，而且結實纍纍。我每天坐在餐桌前吃飯時，就要看見那棵長滿橘子的橘子樹，心裡就有想吃的慾望。我問兒子能不能去摘幾個，這麼多，他們應該不會介意吧？兒子說不行，他已經試過了，有狗會叫。

後來，有幾次仍忍不住誘惑，繼續問兒子：「我們編個籃筐套在竹竿上，伸過去拔幾個就好了。」

「不可有貪慾！」兒子煞有介事地跟我說。

又隔了一兩天，我和兒子坐在窗口用餐，那棵果實纍纍的橘子樹仍然在我眼前晃著，尤其那長滿了一樹的顆顆閃亮鮮橙色又肥大的橘子，每一個橘子都像是在對我扎眼。

我向兒子提議：「也許我們可以做個支架，把一根橘子樹枝引到我們院內，讓它繼續生長，等橘子長成，我們就順理成章地可以摘橘子了。」

兒子哈哈大笑，逕自吃著他的飯。

有一天我終於想通了，我跟兒子說：「乾脆我們自己種吧！」

「好啊！」他以一種似乎非常贊同我獨自去做的語氣回答。

接下來，我打算吃吃看各種這兒可以找到的橘子，從最小的到最大的。我發現，這邊土產的橘子大部分皮都很厚，果肉很酸，也許這就是橘子樹的主人不吃橘子的原因。進口的橘子多半比較甜，皮也較薄。而且橘子的大小和甜度也沒有直接的關係。

我決定把吃過的甜的橘子種子留下來，然後種在花盆裡，先培育幼苗，等它稍大，再移植到院子裡的土地上。

這事已經進行兩個禮拜了，我已經用三個花盆分別種了橘子、檸檬和新疆梨，天知道他們會不會生長。有一天，天氣放晴了，清華開車帶我和姊妹到farmer's market去逛逛，都是賣些當地的農夫自己種植的蔬菜和水果。在下午一點左右，快收市的時間，她說價格會比較便宜。一聽到便宜，我們都很興奮。

在快要收市的農夫市場買東西，挺有趣的。水果攤和乾果類攤上，試吃的比買的更踴躍，我在一旁看見每個經過的人，男男女女，老老少少，每個人都人手一塊柑橘，邊走邊吃。有人甚至拿一把核仁、葡萄乾等，拿了就往嘴裡塞，邊嚼邊走。清華和我的姊妹都買了幾帶的蔬菜和水果，當然有許多種類的柑橘，裡面有一種非常特殊的柑橘，清華說是：「bloody Mary柑橘」就是果肉是血紅色的，所以是bloody的，就是很血腥的。

回到家門口，清華和我的姊妹，彼此交換和饋贈了他們買的蔬菜水果，清華也送我們一些它買的血腥柑橘，然後我們彼此道別，她就開車回家了。我帶著興奮的心，把血腥柑橘拿起來端詳，它的表皮就橘裡透紅，真的像太陽晒紅的美果，我欣賞了許久，才拿刀把它給切開，有一滴暗紅的果液，滴在菜板上，挺像切到手指流出的血液。要吃這樣的水果，還真有殺生的不捨感。

我吃了一塊後，便邀請兒子試吃，他吃了之後說：「還蠻好吃的」，然後，沒一會兒的光景，一個血腥柑橘就被兒子吃掉了。

果子是甘美的產物，種植與培育的苦心，卻是產生甘美的必要途徑。在晴朗的天空下欣賞柑橘，真叫人心曠神怡。

與兒子見面

今年來美國和兒子見面的時間是個清早，早上七點多，我就到機場了，那是個寒冷、帶點水氣，又極為閃亮的早晨。

兒子在舊金山機場接了我，就帶我到他的學校去逛逛，順便辦點他的私事，找他的系主任確認選課的事。

我們進了系辦大樓，因為時間還早，大約早上八點多吧，裡面空無一人，當然沒有找到系主任。兒子開始用電話找系主任，但是沒找到，接著用email給系主任留話。

「我們逛逛，順便等等系主任，現在可能太早，他還沒進辦公室。」兒子說。

我們開始在電影系館裡閒逛，走到地下室的餐廳裡，兒子還沒吃早餐，點了杯熱水。我們找個位子，坐了下來。我四處瞭望，餐廳的感覺，有一點像我剛到美國讀書時北德大的校園建築。

室內有很大氣的水泥柱、有藝術感的建築結構與牆面設計，挺壓抑秀氣的走廊，天花板穿梭並交織著管道和鋼架，好像視覺的用處多於實際的功能，進到其中有如來到一個裝置展示的空間，有一種遊戲的愉悅感，但也有一種它已不屬我的飄零感。

距離我來美國讀書的日子，轉眼已經二十八年，但校園中為學生設計的一切巧思，我今天仍然可以感受到，我好像又坐在當年北德的校園裡，品味著當學生的樂趣。

「記得我第一次打工，就是在學生餐廳裡serve早餐……。」

「每天我都得很早起床，在很冷的早晨趕到學校作早餐……。」我自言自語地說著。

兒子來美國讀書已經九年，是個小留學生，現在已經大四，快畢業了，剩最後一學期。我心裡一直期望著兒子能完成學業，走入人生另一段旅程，開展一番事業。不過，這只是我個人私心的想法，兒子這幾年在美國的生活、追求與成長，顯然不是照著我的期盼，他有他自己的意願與規劃。作父母的只有默默的祝福，我已經不能強烈要求他照我的想法往前。

「要我在好萊塢電影公司裡拍片，那種工作不是我要做的……。」兒子很明確地跟我說。

其實我也不見得希望他在好萊塢闖天下，我只是覺得應該把技術學得更深入一點。就連我自己也沒有在好萊塢闖天下，也只是淺嘗即止。

一九九二年回國後，我就從事教職，到今天成了我安身立命的方式，這也是我始料未及的。今天兒子也進入了美國學校學電影，跟我當年學電影的心態與心境顯然不同，我當初學電影，就是這一個目標，沒有其他的旁騖，但至終也沒有進入電影圈。兒子在美國多年隻身的生活，藉著信仰使他能在美國文化的洪流裡活下來，他成了每天靠神而活的人，他投入教會的服事，讀經禱告，追求屬靈，渴望超自然的能力，這一切都超過我所能擔待，神對兒子有祂自己的帶領。

我們仍然沒有找到系主任，所以我們就走入校園，看看校景。陽光一樣的耀眼，地面仍然溼潤，空氣還是冷的。

「你覺不覺得學校的建築很像埃及？」兒子問。

我立即的反應是想到，這學校很有世界的樣式，因為埃及就代表了世界的文化，尤其是享樂的文化。兒子的話很扎我的心，他已將自己獻給神，電影這代表世界的東西，是不能抓住他的。他說學校的建築很像埃及，應該就是這個意思。

兒子指著一棟尖頂的建築說：「你看！像不像金字塔？」

我心裡雖然想笑，但沒有表達出來。我們逛了一圈，決定回家，改天讓兒子自己再來。在我們走到停在路邊的車子時，我看見每輛車子車身上都夾著一個對折的信封，兒子驚訝地拿起自己車上的那個信封。

「啊！罰單！」他叫了一聲。

我上車後才知道，那張罰單要五十幾塊美金。為了那張罰單，我心裡雖有幾分鬱悶，但念頭一轉，心想我許久才來美國一次，總不要讓錢破壞了我們的親情和心情，決定把它忘掉。

「美國是不是窮慌了？罰單這麼貴！」我調侃地說。

植物啟示錄

鵬雲：

這是爸爸寫給你的家書，一方面讓你知道我現在正在做的事，一方面也希望藉著這些事，提供你一些做人處事時的智慧，希望你能喜樂地領受。

這棵植物是最能吸水，也長得最快的植物，它真的是飢渴慕義，只要四小時不給水，就開始顯出枯萎的樣子，逼得你非時時的關注它不可。但是，他開花也是最神速的，在不知不覺中，它的花朵已然綻放，樹葉和花穗相映成趣，引人垂憐。

這棵植物很像我以前曾提過的皺紋樹，葉面像刻印了鱷魚皮的斑紋，質地也很堅硬，我常在山中野地裡看見這種植

物，它的生長很中庸，不用特殊關照，照樣活得很好。

這棵像草一樣的多漿植物，它的生長速度，慢得讓我吃驚，這是它長了兩年的樣子，兩年前，它是現在體積的一半左右，表示它能長到現在的大小，至少已經有超過四年的年齡。它平時也不需如何照顧，甚至不需澆水，只要想起的時候澆一點，就足夠維持它長時的所需。你甚至可以忘掉它的存在，當你想起它時，它竟能以傲人之姿呈現在你眼前。

這棵是最易罹患植物病蟲害的一棵植物，剛搬回家時，長得綠油油的，枝繁葉茂，才沒多久的光景，就長滿一身的介殼蟲，為了這一棵植物，我開始噴殺蟲劑，結果整棵植物都因而枯萎。不久後，新葉

重新冒出，當葉子長好後，蟲害又來了，我又開始用藥，它雖沒枯萎，但長得病懨懨的，毫無生氣。我一停用藥，小的白色介蟲，又重新滋長，就是這樣週而復始的循環，簡直叫人為之氣結。

這棵植物和前面那棵像草一樣的多漿植物一樣，生長的速度奇慢，我飼養了它兩年，很奇怪的是，它現在的生長速度，是他過去的好幾倍。過去兩年中，它的身型只有現在的四分之一，就是只有其中的一朵葉片大小而已，就在最近的兩個月內，它突然長出新的枝葉，而且身型變得巨大起來，真是出人意表。

這棵紋竹是取用土地最少，但長得最繁茂，侵佔空間最大的一棵植物。我必須

時時地旋轉它的位置，使它能均衡生長，不致因偏長一方而不支倒地。

這棵薄荷好像是棵依附型植物，必須有其他植物來支撐它，否則它就長得東倒西歪，非常凌亂，缺乏型態。它唯一的好處，就是它有薄荷的味道，讓你覺得它還是有價值的，雖然長得其貌不揚。

這是我將吃過的釋迦種子沒在土裡，經過了近一年的時間，才培育出來的釋迦樹，而且是新品種的釋迦，它的殼還掛在樹上。

有成功的，就有失敗的，這是夭折的釋迦樹。

一次，媽媽把一盆長得很凌亂的石蓮全部剷除，把碎落的葉片鋪在土上，幾個月後，每個葉片都發芽，長出新葉，成為一株株的小石蓮。目前看起來是很可愛，但未來可預見的是，過分擁擠所造成生長的限制。

這些就是我的植物，也是我所做的事，我把它們比作「現代啟示錄」。每種植物都是一種人物的豫表，也是某種社會狀態的縮影，他們就存在於我們的周遭。每種人物和情況，我們都得去面對，設法解決問題。去惡揚善，扶助疲乏的，幫助軟弱的，然後希望我們的社會會更好，不是這樣嗎？

爸爸

你真的長大了

你真的長大了，雖然我並沒有全部參與，反之，我有很長一段時間是缺席的，但你還是長大了，並沒有因我的缺席而停滯。

最近我才看了「送行者——禮儀師的樂章」，深受感動，媽媽說很少看見爸爸會掉淚，但我竟然掉淚了。因為片中所描述一位幼年失父的孩子，從小缺少父愛，對父親心懷怨怒，想到將來若找到父親，一定要痛扁他一頓，因為父親遺棄了他和他母親，這對他幼小的心靈是極大的傷害。

片中這位幼年失父，在孤獨中長大的青年，後來成了禮儀師，就是為死人清理屍體、換衣與化妝的專業技師（真佩服日本人，任何事情都可以被專業化，做得煞有介事的）。在他工作的過程中，他學到了對人與對生命的專重，包含對死去的人的緬懷與敬重，以及對活著的人的珍惜與關愛。這樣的主題是現代人極為需要的，也是極具啟示意義的。

當看到那位年輕人，在與父失散多年後，竟需為自己父親的屍體理容，他輕撫著自己親生父親的臉龐，記憶中父親模糊的面容，在他眼前逐漸清晰，他終於想起父親的樣子，跟坐在一旁的妻子說，那真的是他的父親，他目不轉睛地注視著父親的臉，雙手為父親清理著鬍髭，淚水不禁從他眼中滴下。就在此時，淚水也在我眼中滾落。

每當我靜下來，讀讀你的屬靈日記，不免驚訝你的成長，已經超越我的想像。我難理出這中間的過程、肌理和結構，其中有許多成長必須經歷的苦痛和掙扎，我都不在，因為我選擇讓你自由，讓你離開我的監護，讓你長在你的出生地，然而這對作父母而言，也許很容易和逃避責任牽上關係。思考這事並不快樂，常伴隨著悔恨、失落和無奈。

但是，看見你長得健壯，我暗自欣喜，這是我的幸運，我想你和我在一起，也許不見得能長得更好。只是我仍有私心，會想想你在我嚴格的管教下，會長成什麼樣子？你會這樣活潑而健壯嗎？你會如此關注人的靈魂的事嗎？我也會思想，這樣的選擇，是不是最好的選擇？你說你會在看電影時，因片子內容的污穢而中途離場，因為你無法忍受你的靈受玷污，這讓我對你另眼看待，因為我是不會這麼做的。你的確是聖潔的，超過了我的標準。

我並沒有資格指責你，也不是在指責你，因為這並不是什麼錯事，這反而是很多父母夢寐以求的事。但是，因為我自己還沒有那麼屬靈，我很好奇你成長的歷程，所以我希望找出你成長的軌跡，找到你向前奔跑的關鍵，不論跑的方向正確與否。而且，我想要知道你是如何選擇的，如何選擇你奔跑的方向的？雖然我沒有太多時間，來一趟「思」路之旅，但是我也不希望，有一天你撫著我冰冷的臉龐，想了許久之後說：「是的，他就是我的父親。」

爸爸

有趣的你

你確實長大了，因為我從你相片裡看不見你稚氣的模樣了。你看起來很成熟，而且有滿臉成熟的標記——青春痘。你很會搞笑，從你小學開始，你就喜歡搞笑，你常常在作文或數學題目裡，表現你幽默的本事。你會造些奇怪的句子，相當荒唐像卡通片的情境，讓我笑破肚皮。但是我不常在你面前表現出我的感覺，我怕你會變得輕率，我反而常要求你正經一點，舉止談吐都要端正，顯出莊重的態度。我很怕把你教成吊而郎當，不懂得敬老尊賢的人。所以，我在教導你態度的事上，是非常不苟言笑的。

我的教導似乎做得並不成功，但是神並沒有將你變成不良少年。有一年，我去洛杉磯，你原先所待的教會，那裡的青少年服事者問我和你母親，我們是如何把你教成這麼好的一個年輕人。我簡直受寵若驚，不敢相信我所聽見的。那時你正和媽媽有溝通上的問題，而我則完全不知如何與你溝通。我們可以說是與你有很大鴻溝的父母，我們不曉得在那樣的光景裡，怎麼會獲得這麼大的讚許，我們雖然心裡喜樂安慰，但深處也感若有所缺。

即使到現在，我仍然會偶爾感到不確定，對於自己能否扮演一個正確的父親。我覺得以前的溝通不良，也許會造成我們之間再溝通的障礙。雖然我感覺你已成熟了許多，但我的成熟度可能還不足夠。我的性格常常游離於成人與孩子之間，我在某些事上或在某些時候，會顯得幼稚，無法應付複雜的情況。但在另外的時候，又顯得過分老舊，以致沒有彈性與寬容。我需要花許多的時間對付自己的性格，以便在你面前較能顯出正確的反應。

看見你的相片，把我的心又帶向了小孩子的境地，扭曲的可愛，擠出的詼諧，對你是不費吹灰之力的，你的突發奇想，快速的靈感，急切的表現，又躍然具現。對我而言，是好熟悉的感覺，但是更加成熟了。你小時候，我常拿著ＤＶ攝影機拍你，你對著螢幕從未顯出畏懼或害羞，總是有自信而逗趣的表情。

現在，頑皮的你又出現了，你說那是鄉村男孩、Bugs Bunny、享恩、蘋果電腦、樸素的你、Arnold Schwarzenegger、愚笨的你，加起來就是有趣的你。

爸爸

育兒懺悔記

你的爸爸，就是我，是個很矜持的人。

從小就很怕被人講，被人指責或批評，所以會盡力維持不犯錯的形象，免得被人指責或埋怨。相對的，可能也因為這緣故，對於別人也會有嚴厲的眼光，去要求人。但我反省自己，發現我，事實上，並不太要求別人，只有對自己的小孩，就是你，會有一些要求。可能就因為這緣故，你從開始喜歡圍棋，然後決定放棄圍棋。因為，關於圍棋，有來自我極大而無形的壓力。為了這事，我要跟你說抱歉，我剝奪了你對圍棋的興趣和享受，使你在這項技藝上，絲毫沒有成就感，以致對它厭惡至極，最終在我把決定權交給你之後，你決定把它放棄，像丟掉一件討厭的東西一樣，終於感到一絲解放。關於這樣的結果，我誠摯地跟你說抱歉，你是有權可以享受它的，但是被我破壞了。

不過話說回來，圍棋連我自己都放棄了，我怎能要求你呢？我放棄是因著自己的資質有限，中年以後才入門，以致進步空間有限，腦筋已經固定了，怎麼努力都進步不了，而且下圍棋太耗時，不得已只好放棄。另外，這幾年開始過教會生活，下圍棋的口味竟然自己消失了。這可能是生命的變化吧，連我們的口味、嗜好，甚至性情都有了改變，不能說不奇妙吧。每當我想到這裡，我對你無形的盼望，所造成對你無形的壓力，導致你對圍棋完全失了味，從另一個角度說，也許是件好事。但是我卻不能說過去對你施以這樣無形的壓力，是件好事。我仍然要對我過去無知的作為，對你造成無形的傷害，說聲抱歉。我希望如果我能在生命裡長得更大，我將會做得更好。

記得有一年，你小學四年級吧。我帶你去參加公園寫生比賽，我心裡幻想著你會畫出一些超出我想像的天真可愛的圖畫，所以，我就刻意離開你，讓你安靜獨處，能夠專心作畫。幾十分鐘後，你拿了張圖給我，叫我大吃一驚，圖面全是黑的，你用黑色的蠟筆畫輪廓，也用黑色的蠟筆修圖，以致整張圖看起來很髒，簡直慘不忍睹。我想你可能是被我無形的要求嚇壞了，表現完全失常。我也需要為這事跟你說抱歉，因著我道貌岸然，表面仁慈，內裡剛硬，使得你在那樣的活動裡，完全不知如何表現，我不會說鼓勵的話，只會用自己的標準來要求你，所以你就損龜了。其實，那是我不會作爸爸，連個老師都不會做。當時，我雖很生氣，但多年後，我常為著自己的無能而痛悔。

你國二後就隻身赴美留學，後來我在你洛杉磯的房間內牆上，看見你畫的花瓶，還有一幅漫畫，感覺畫得還不錯，根本不像你當年的表現，使我再度反省自己；在自信中成長，和在自我譴責中成長的差異。我真不願成為那對你施壓，使你失志的父親形象。

我希望你能原諒爸爸在這方面表現的笨拙，爸爸也要重新對你說當年我應該說而沒有說的話：「鵬雲，你畫的那張畫，太好笑了，非常有創意，我喜歡，也引以為傲，你比眾人都好，真的！」

爸爸

相看兩不厭

我不知道你是直視我的眼睛，或是躲避陽光的照射，但你臉上泛著笑意。媽媽說我們這張照得很好，顯出父子相和的情景，一派祥和之氣。我很感謝你在相片中有笑容，因為我太嚴肅了，我在相機面前，常是拘謹而嚴肅的。講到拍照，就不由自主的緊張起來，面皮與全身的肌肉都僵硬了起來。為什麼會這樣？我也不曉得，我還是學電影的，需要指導別人不要緊張的，而我自己卻不自覺地受它轄制。

李安導演曾說，就是因為他完全無法掌握現實人生，所以只有透過電影來滿足他支配現實的慾望，大意是這樣的。我覺得深有同感，我們每個人都有自己意圖掌控的獨特的「電影」，藉以滿足和彌補自己在現實人生中的缺憾。在那一刻，也許我曾想掌控你，控制你的人生，但是多年後，我發現我和媽媽都無法掌控你的人生，我們的期望是美麗的錯誤。也許每個父母都經過這樣的過程，必須放開手中的飛燕，讓他們自己飛行。絕不能把他當成自己的電影，一手導演其中的劇情發展。

很好，你的笑容可掬，為我添加了鼓勵的聲音。我注視自己堅硬的面龐，修飾整齊的鬍髭，已經多年我沒有再蓄鬍鬚，不免要感嘆，時光老矣！我們怎能逃開它的巧手，在我們臉上所做雕塑的工作？怎能彌補過程中，我們一切的疏忽？時光很美，我們的錯誤也美，僅有悔恨不美。所以，我們當像照片中的歡樂，笑吧！我在相片外與你對笑。

爸爸

父與子

你的爸爸是很害羞但又有領導慾的人，是有想法與表達衝動慾望，但卻又不善於搶話的人。

你的爸爸是那麼一個矛盾又有內在衝突的人，現代人稱為很ㄍㄧㄥ，就是很矜持的意思。生為這樣一位爸爸的兒子，是非常辛苦的，因為你永遠不知道爸爸在想什麼，你隨時可能因一時疏忽而得罪惹怒了他，他雖然不告訴你，為了不讓你憂慮，但是卻往往因你的無邪天真而加深他的不悅。唉！多麼不幸的性格，惹了別人，自己也得不到好處，只有在無止盡的痛悔中。

但是，你知道，爸爸是單純而善良的，只是善良顯出來，卻是極度的深沈、憂慮和心事重重，說好聽一點，是有人文素養，有家教，但是卻不夠坦然，不夠直爽，無法與人溝通，難以表達情感。只有在私底下，文字裡，或思想間，把鬱積消化，自我療理。而你卻相反，單純活潑直爽，動作大條，偶爾會闖禍。

有一次，你把門牙撞掉了一半，不知你是怎麼想的？我卻心疼個半死，想到這一輩子，你將要以半顆門牙面見世人，不知你能否承受那沈重的缺陷美。只是你察覺不到，你必定只感受到我的氣憤。這麼多年後，我發現你坦然處之，從未受其攪擾。我著實為你高興，因為喜樂是為積極的人預備的。

爸爸

重現幼年的你

那段時間，轉眼就過去了。

我試著回想，我們去至善公園，那裡有很大的錦鯉魚，簇擁在水面下，不斷上下開合的嘴，拼命啄取水面上漂浮的麵包屑。你看得聚精會神，津津有味。

我雖然享受那刻的時光，但是，畢竟太短了，只是我那時不覺察，讓他溜了去。當我再度回顧當時，竟然覺得如隔世之遠。有許多細節，可以顯示和體會父子真情的互動實況，竟然會像褪色或蒙灰的相片，完全失去它記憶與顯像的功能。我必須用力地以雙手，努力拭去積壓沈澱在上面的灰塵，使色彩重現，使我可以再度親近你。

用我最深情的眼，老花模糊的視力，重現幼年的你。

爸爸

雙足立雙天

你大約兩歲，在UCLA的Childcare Center接受照顧。

白天爸媽會開車將你送到校區邊緣的這個育幼中心，當時我們的生活很忙碌，白天上課，下課後在接了你後繼續打工。雖然如此，將你交付給園中的老師，我們覺得很放心，所以有鬆一口氣的感覺。

你整天和一群各種族的幼兒在一起相處，老師們白天在園中對你講英文，我們放學後來接你，就開始跟你講中文，你也許覺得很困惑，所以你比一般兒童說流利的話的時間，要來得晚一些。的確，每天你都是在雙語的情況中掙扎，不太確定哪種話是你能掌握的。

十幾年後，你又隻身來到美國，成了小留學生，才剛把中文學好，英文忘得差不多的時候，你又離開了祖國，那講台灣國語的地方。你又得重新學英文，再度進入語言混亂期。我記得你再回到美國幾年後，才漸漸對英文遊刃有餘，能隨心所欲地說話。不知道你還記不記得當時在育幼園裡的感覺？和十幾年後有何差別呢？對我們而言，你像是長成的燕子，已經在天空自由的飛翔了。

爸爸

羞赧的記憶

看著兒子一歲多的錄影帶，圓嘟嘟的臉，胖嘟嘟的手臂與雙腿，在UCLA的育幼中心，和一群相同年紀，但膚色與種族不同的幼兒，搖搖晃晃地在園中玩耍。他們一同用餐、玩玩具、在草地上運動，在室內跟著音樂跳舞，一起吃生日蛋糕，享受真的是得天獨厚的照顧與呵護。每個兒童都極其可愛，稚氣十足，偶爾因故大聲哭泣，轉眼又展露笑顏，叫你又愛又疼。他們的動作全部都不甚穩定，走起路來，叫你擔心隨時會被東西拌倒。

那已經是二十年前的影像了，畫質已經有點模糊，但有些畫面，可能從拍過後就沒有再看過，所以，今天再看，內心湧出許多的驚異和感傷。尤其在這二十年間，我和妻子還有兒子之間，仍有許多滄桑，性格的差異，在我們的相處間加添許多芥蒂，曾經惡劣到要分開，兒子就成了我們中間的肉墊，應該受了不少的驚恐和不安。回想起來，難免黯然神傷。就在我眼前，面露開懷笑容，那樣美麗的妻子，以及羞赧的兒子，我竟沒法用心擁抱，大膽而真誠的表達愛。

時間就在我們為生活奔波的夾縫中過去了，兒子已飛離了我們，妻子還在我身邊，我很慶幸，我沒有過度發展個性，蒙了拯救。今天仍然和妻子兩廂廝守。我看著年輕的妻子抱著兒子，那是她心頭一塊肉，愛不釋手，嬌聲欲滴，今天剩我們倆，髮禿齒搖，空窗兩望，相濡以沫。

追逐

【爸爸篇】

小時候，你跟著媽媽四處跑，上學、小提琴、美勞、體操課，有上不完的課……。

你都盡量的跟上了腳步，所以你有活潑喜樂的性格，而且愛玩，你多半時候都是在遊戲中學習的。

爸爸只堅持一件事，就是帶著你學圍棋。記得你原先很有興趣，你說太好玩了。可是，過了一段時間，你似乎對圍棋失了味，只是為了應付我的喜好，苟延殘喘地學著。事後我反省，應該是我太沒趣了，似乎把圍棋當成國學來看，並期待由你來重振國風。這當然是不可能的事，不過作父親的，就是有作父親的夢吧。

長大後，你離開了爸媽的身邊，像風箏斷了線一般。媽媽急於將你尋回，一反小時候的光景，她開始追逐你的蹤跡，總想把你抓在手中把玩。而你的腳跡與步伐，是那樣的不定而快捷，在還沒有定睛看清你的方向時，你已消失了蹤影。

跑吧！飛吧！腿像你母親年輕時的健壯，快如母鹿的蹄。當你站在山巔遠眺時，是否記得在後追趕的母親，以及豪情不減當年的老爸？

【媽媽篇】

小時候這個孩子常常收到字條，上面寫著，種種理由，總之就是告知父母會晚一點回來，你得要好好按照一切的schedule，學習自己照顧自己、學習安排自己的時間、學習按照父母的期待過著每一天。

這是從小到他十四歲的生活模式。

昨天看到了一本筆記本，上面貼滿了以前留給孩子的字條，也貼滿了過去孩子完成的獎勵貼紙。

從小到大，他需要靠著努力和表現，贏得一張張小貼紙，直到貼滿後，再來換取他喜歡的玩具。他的玩具沒有一樣是我們作父母隨性買的，大半都得靠著他的行為表現、成績進步或是生日，才能累積出來的獎勵。

兒子努力扮演各樣的角色，滿足所有人期待。

兒子十四歲後，赴美就學，成了十足的小留學生，不同的環境與教育方式，開始懂得思考與觀察。有一陣子他突然極力的發出掙扎的呼聲，日子一去不復返，他當然無法改變他的童年記憶，但他要討回公道，他要走出自己的足跡。

他突然領悟到自己一直活在別人的期待中、活在別人的眼光中。

他發現東方的父母和學校教育的趨向，甚至是教會的帶領也是和神的心意有衝突的；因為太多都是以「行為為導向」的教導。

孩子在成長過程中，面對自我的壓抑不自知，他無法體驗何謂「無條件的愛」，何謂「父神的愛」。在世界的價值體系中，他幾乎看不到、也感受不到——世間哪有無條件的愛？全然的愛？

有些憤怒和錯待，使他來到神面前，為求明白和醫治。

他渴望知道在他身上有哪些來自文化背景的轄制與錯誤的價值觀。他渴望主救他脫離來自祖宗遺傳虛妄的罪，他渴望真正明白何謂神眼中的真實。

於是他花了很多的時間，安靜等候和敬拜神，重新再來認識這位真實的神，在祂愛中，主觀的來觸摸這位從小就不陌生的神。

當他越來越認識「天父的心」後，得著更新與煉淨。他開始和我有很長的、誠懇的對話，將他內心所有的疑惑、不滿、壓抑都一一陳明。我才赫然發現我和他的認知居然是如此的遠。我不能體會他走過的不容易，總覺得一個獨子不愁吃、不愁穿，從小隨著父母走過世界各地，又有家人的呵護、有教會牧者的疼愛、有老師的器重、又有很棒的人際關係，也過著自由無拘無束的生活，還有何可抱怨的呢？

也完全弄不清楚，我這作母親的，到底哪裡虧待了他？他簡直是自以為長大了，居然質疑我們的教育方式，我想著，這一個不知感恩的孩子，我的教育真是有點失敗啊……。

他十八歲時，開始以大孩子的身份和我談他的童年，他說：「小時候你們都很忙碌，常留我一人在家……。」

我說：「有嗎？大概就是偶而開會的時候比較晚一些回家罷……。」

他說：「對於你們的要求，我從來都不敢反抗……。」

我說：「有嗎？我記得你也是常常有很多意見……。」

他說：「中國父母和子女的情感是很壓抑的，你們都以為不需要去處理過去的事，因為我們都被教導不可以挑戰權威……。」

我說：「唉，等你再長大一點，當了父親，你就為明白了。我長大了，當了媽媽自然能體會她管教兒女的方式，哪需要什麼內在醫治？」

他說：「Mom，我不是在定罪你，但你裡面確實有被拒絕的靈，你看我一和你談問題，你就這麼緊張，你知道嗎，這是因為你小時也是被大人錯待過，才會這麼在意什麼都要表現得好，才會被別人接納。」

我說：「我們那個年紀，哪有父母不管教孩子，我根本沒放在心上，所以也不覺得有什麼傷害不傷害的問題！」

他說：「因為我們都已經習慣了這樣的模式；但是長大後，我們開始對很多東西反彈，這就是因為我們裡面有很多真正的問題，沒有被正視過！自己也弄不清楚……。」

我說：「你有多餘的時間應該好好唸書，不要將人生弄得這麼複雜……。」

他說：「我想到你居然曾經想到將我墮胎掉，我就很難理解，你還是信主的人，想到這些我的心感到抽痛……。你知道這種犯罪的事，神是多麼的傷痛嗎？」

我說：「你哪知道那時我們面對唸書、經濟的壓力有多大嗎？每天睡不到三小時，感情也不穩定，根本沒有條件可以生孩子……。」

就這樣雞同鴨講了一段時間。

想到從他小時，無論壓力有多大，我們從來沒有選擇放棄他、送他回台灣，素來以為自己還是很棒、很有愛心、很有創意、很能和孩子對話的母親，面對他突來的質問，不僅是驚訝，也是極端的難堪。

我漸漸發現過去從小呵護著、愛著的這位獨子，再也不是那位牽著手、可以任意指使的兒子了。

我需要改變另一種態度來接納他，我要弄清楚這中間隔斷的牆來自哪裡？感謝神，在漫長將近一年多的對話中，神讓我有可聽的耳，也打開了我的盲點。

兒子十四歲後赴美過著寄宿的生活，一反過去需要父母凡事打點、安排規劃與叮嚀。一切不再是按部就班，他必須親自面對所有變動中的人、事、物。突來的轉變，他須靠自己摸索成長，靠自己觀察、應變、思想，需要自己做所有的決定，負自己全責，瞭解人情世故。雖然這其間，他都是跟著教會的腳步，未離開過神，但這段青澀迫使成長的年紀，兒子確走得比同年齡的孩子來得複雜。我開始意識到孩子的對話，並不是來興師問罪的，孩子是來傾訴的，他多麼認真、勇敢的面對自己內在的矛盾與衝突，他不讓這些情緒隨便過去。

孩子真的長大了，我也必須跟著成長，免得失去他。

當我心思回轉，脫下所有大人的驕傲和芒刺的時候，我選擇了不與他辯論，不管他說什麼，或是能理解或不能理解，都不再為自己辯解，不管內容是否成熟，不管贊同或不贊同，我選擇放棄我自己的想法，甚至是受傷。我要來感受兒子的感受，我要來聽他心中的話，我要記下或是錄下他所說的話，我也選擇與他在Skype一起禱告、一起敬拜、一起等候神，而將所有負面或害怕的情緒都移轉給神。

有一回，他從華盛頓DC參加禱告特會回舊金山，給我一通很長的電話，為的是希望我能知罪自責，為過去的錯誤心思態度求赦免。

他說，特會中有來自全美上百位代禱勇士，他們流淚禱告，替美國歷代先祖犯下流無辜人血的罪悔改。

這罪可溯及白人和印地安人、黑人之間數百年的戰爭，一直到美國自一九七〇年來，法律通過婦女合法墮胎後統計的數字顯示，已超過五千萬的Babies被殺害（Murder）……。兒子從神的憤怒，說到神在特會中如何降下焚燒的烈火，從神憐憫的心腸，說到神心意將在全地如何的展開，多少次他提到，主來的日子是何等的近……。說著他在電話那頭激動地哭了起來。

我想到經上說，「哀慟的人有福了，因為他們必得安慰。」我的心不禁被震動，一方面為自己的麻不不仁，一方面也敬畏神的工作，向父完全的屈膝。兒子帶著我為曾有墮胎的死亡意念認罪禱告，為我裡面來自祖宗死亡之靈的轄制做釋放宣告。禱告的時候，我流淚了，想到自己離神的心意甚遠，想到自己身上的塵埃與罪污、如此之深，如此不潔。就在幾年前，我還曾建議一位生產眾多的姊妹說，還是「拿掉」吧，為此，我深深懊惱，這世界的價值觀已潛移默化了我的血輪。

主阿，竟然渾然不知！自此，我多麼渴望神的聖潔……。

這個正帶領我認罪禱告的兒子，竟是多年前，我興起念頭想要殺害的Baby，我起了寒顫，不禁抖擻，想起了那年等候在引流室的門口外，若不是神的憐憫，千鈞一髮之時，因著心中突然產生極大的恐懼與不安，立刻落荒而逃，否則我可能犯下了無法彌補的錯誤與損失。

這十多年來，我們總期待著老二，兒子也期待弟弟妹妹，但再也沒有了。兒子的受孕本身就是奇蹟，保留下來，也是奇蹟，成長的足跡也是奇蹟。因為神一直讓我在兒子身上學習看到祂那支大能奇妙的手，「以信取代不信」，「以能取代不能」，「以積極取代消極」，叫我活著能不信靠自己，只信靠那叫死人復活的神，一生以行公義、好憐憫、存謙卑的心，與神同行。

是祂使兒子的生命由無知轉到對「罪」的敏感與恨惡，是祂照著兒子出國時賜下話語的應許（歷上20：20-21）逐日在兒子身旁設立很多的祭師、利未人，以及有靈巧的人，在各樣的工作上，樂意幫助兒子，直等到耶和華的殿被建造。

神阿，我的神阿，我要稱謝你、讚美你榮耀之名。

我算什麼，我的民又算什麼，竟能如此樂意奉獻，因為萬物都從你而來，我們把從你所得的獻給你。

兒子在十一歲受浸時候的禱告：「哦，主阿，記念我，主耶穌，我願一生一世都服事你，主，我愛你！」

願神成全此心，也讓我們是一個願意交出來的人。

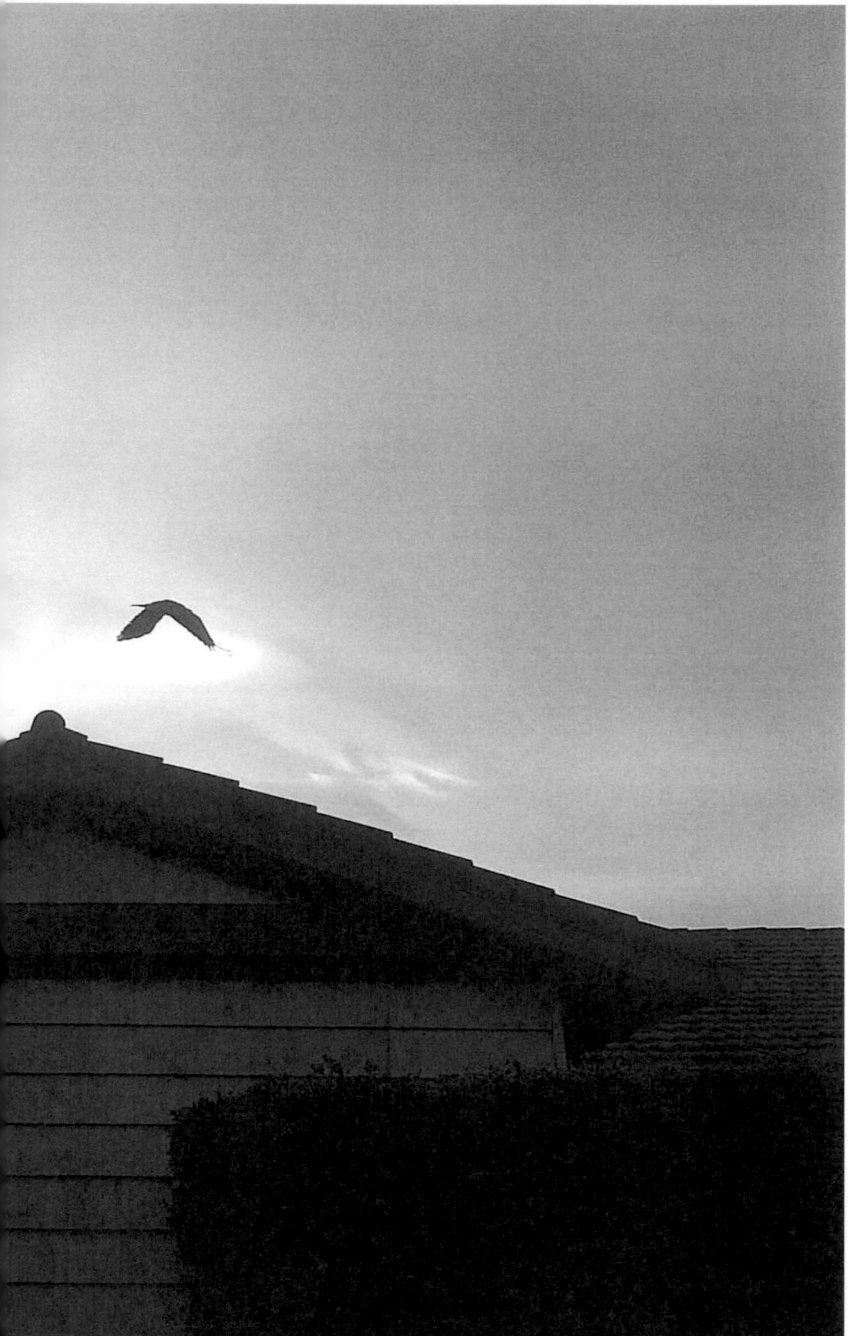

卷三　父母

關於送禮

父親是位很重禮數的人，我自小到大，就記得父親常在拜訪朋友之前預備禮物；像是水果、茶葉、高粱酒或香腸，不管大小，見人總是不會空手，一定要讓人感受到他的善意。

小時候，對這事無特別感受，只覺得父親這麼做似乎是因為很在意別人的感覺之故。但等我稍微大了一點，漸漸覺得這樣做幾乎是有點虛偽了，尤其是在我年輕氣盛的階段，幾乎無法接受父親這樣的受拘泥，常對父親在張羅禮物的時候而感到不屑。

但是人過四十以後，我越發現表達善意是很重要的事。至於如何表達，那就是學問了。我因自小就對這事反感，所以一點也沒學到這方面的技巧。我甚至聽過同一件禮物，送來送去，經過眾人手裡輪轉後，又送回了自己手裡這樣的故事。當然，那是一種諷刺的說法，不過在當時那種眾人都習於巴結逢迎的時代氣氛下，有那樣的描寫，實在也不為過。

現在想起來，我當時會對送禮產生反感，也是因為這個緣故吧。我所不喜歡的是巴結逢迎，對我而言，送禮似乎就代表了巴結逢迎。但我後來發現，我好像也忽略了，送禮也是表達善意的最直接方式。因此，我反對送禮，反而直接使我成了反對表達善意的人，或者說，簡直成了完全不懂得表達善意的人了。這也許是某種非自願性的物極必反的現象吧。

當我開始想要送點禮物時，我又常陷入某種迷思，過往的禁忌常不自覺地來限制我的決定與想法。比如，不能送傘，傘與散同音，如同祝人分散。不能送梨，因梨與離同音，會叫人分離。不能送鐘，因鐘與終同音，等於咒詛人死。不能送龜，因龜與歸同音，等於送人歸西。雖然我不見得想送人這些東西，但總是限制了我送東西的範疇。

有時我甚至擔心，會不會因我一時好心的創舉，導致難堪的誤會。比如送個石頭，讓人誤以為說他是頑石。送雙拖鞋，讓人誤會說他牽拖。送把梳子，讓人懷疑譏諷他落髮。送支掃把與畚箕，叫人覺得我嫌他家髒。送一把電蚊拍，讓人覺得你認為他家有許多蚊子。為了表達善意，還惹出這麼多誤會，實在不值得。而且，送以上的東西，可能不但表達不了什麼善意，說不定還讓人覺得送者小氣。這也使我對送禮常望之卻步。

當然，表達善意應該不如我所描述得那麼困難，禮輕人意重，將心比心，我想送什麼東西不是最重要的，而是表達關懷的心，才是最重要的。話雖這麼說，但不同的時代與文化，會有不同的作法。拿捏人心的需要，應該是致命的關鍵。還有要克服的點，就是預備禮物要不怕麻煩。一旦怕麻煩，我們就無法從送禮的課堂畢業。

我的父親就是從送禮的文化裡長大的人，送禮對他而言從不是什麼難事，操之遊刃有餘。他總是知道我喜歡什麼，所以他來看我時，就會送我那些東西，那也真讓我倍感溫馨。這就是父親的智慧，或者是中國文化的智慧吧。而我則像個處在送禮的文化殿堂前的小孩子，常是眼高手低，甚至束手無策。

為父親立傳

去年，對我而言，是個忙碌的一年，忙得我身子都過敏了。很喜悅的事是，我父親的傳記完成了，耗時半年，總算完成了。這是我曾私自向神許的心願，我希望能為父親整理他的畫作，以及理出他創作的軌跡。

去年神賜給我這樣的機會，由台中市文化局發起，要為居住於台中市的重要藝術家立傳，我父親井松嶺也獲選其中，我自然就義不容辭地全力爭取。計畫就這樣匆忙地開始了，當時我還在美國探親，一切工作用電話和email遙控進行，在七月份回到國內，就一頭栽進其中，竟日投在寫作、訪問、理畫、校對資料的繁瑣工作中。父親也來我家陪我住了一個禮拜，每天接受我的詢問、挖根、打破砂鍋問到底，一切求正確。父親創作一輩子，應該從來沒有人這樣殷切地向他求問，有時問到一個地步，父親說：「這沒有關係吧！沒有人會追究這時間對不對！」說得也是，除了我們自己，沒有人會知道我們曾做了什麼，到底是什麼時候做的，以及是怎麼做的。也許自小我比較龜毛，所以神派我來作這事。

在我的記憶裡，我小學三年級以前的事都很模糊了，到底父親在那之前做了些什麼事，哪些是重要的，要怎樣將它呈現出來，這些是我一直在探尋的。我和父親在相片堆中找尋可用的材料，老相片都很小張，只有一寸左右，我們用放大鏡看著那代表時光與歲月記憶的斑斑痕跡，試著思想它的意義，找尋它的位置。我想著父親年輕時也是老師，當過小學老師、國中老師、高中老師，還有大學老師，大部分都是教國文與繪畫藝術，他曾經用他的青春影響過無數的學生，相片中許多的老師和學生，父親都還記得，而我一點也不知道自己當時的狀況。為父親做這個事，給了我一個機會，就是重新思考我成長的意義。

我還在美國的時候，父親在國內就開始自己起稿，想要寫自己的傳記，大哥在一旁看了，覺得不行，心想父親已經八十多歲，還要殫精竭慮地拿著原子筆，帶著老花眼鏡、伏在桌前爬格子。所以就把父親和我的姑姑一同帶到他的家裡，親自訪問他們，並把他們的訪問錄下來。事後，就把DVD寄給我，一共八片，我也花了幾天才把上面的資料整理出來，寫到傳記裡。我的妹妹也分別把她們收集兒時的相片寄給我，使我們的家族史，能逐漸顯影。整理父親的傳記，好像是在整理一個消逝的記憶拼圖，我們一家人曾走過的路，一一被追溯並存留與排列出來。

文字部份的撰述還算容易，難的是接下來畫作與相片資料的蒐集、正名、畫作時間與尺寸的考證、以及出處校訂的工作。我常常為著可能的錯誤而焦慮，只要一有疑問，我會立刻拿起電話打給在台中的父親，但只要是他接的電話，父親總是有問必答，要不就叫我等一等，他會即刻前去查證，再給我回話。我很佩服父親的耐心與記憶，很多細如牛毛的問題都是這樣得到解答的。這樣的互動一直持續到我在印刷廠裡調色時，父親一直沒有放下一顆懸宕的心。

去年底，我拿著印好的書交到父親的手中，他捧著書，露出可愛的微笑。他說：「好啊！總算完成了，終於可以放心了。」然後坐下仔細端詳書的內容。

我問：「顏色對不對？」

「對！完全對！」他答。

父親喜悅的神情就是我最大的報償。我回想著與父親相處的甜蜜時刻，不免心中也泛出笑聲。記得我離開父親時，他拿了一點錢要塞給我，說是他的一點心意，我硬是把他的錢給推回去了。我說：「我很高興做這事，這是我的心意。」

我和我的兄弟姊妹都承受有父親藝術的血統，我們都喜愛創作，雖然以不同的形式，但是自由不受拘限的心都是一樣的。

父親的心

最近因著特殊的機會，與台中市文化局結緣，正為我父親編寫傳記，將他的生平故事、繪畫歷史和藝術成就，做一番整理，順便挑選他的代表畫作，收錄書中，做為台中市的文化資產，及國人的藝術珍寶。這麼做，一方面為國家盡點力量，另一方面，也希望能討父親的歡喜，盡一點孝道，算是兩全其美的事。

父親為了這本書，可說是殫精竭慮，無不事必躬親，讓我這個作兒子的，更得全力以赴，竭盡所能地，試圖把每件事做得完美。過程中，這工作創造了極多的機會，讓我和父親有親密的接觸。說實在的，在以往幾十年當中，我和父親接觸的機會是少之又少，因為我天生就不是個熱絡的人，對於朋友和親戚都是一樣，永遠是君子之交淡如水，即便是我的父親，我和他見面的時間，一年不會超過兩次，每次都是匆匆的來，又匆匆的離開。好像我們都被這世界的齒輪卡死了，必須跟著打轉，無力暫時停歇，做點與家人親密的事，聯絡感情的事，內裡總覺得是件憾事。

這次的工作，真是上帝的賜與，雖有壓力，但我深處是覺得喜樂的，外面事務雖然繁雜，常令我焦慮，但想到日後父親嘻笑的表情，我就能做得甘之如飴。父親窮其一生，投身繪畫藝術中，如今年過八十，仍然念茲在茲地，盼望能在國畫中揚名立萬，頭角崢嶸。其實，父親受教育的時間不多，他最精華的青年歲月，都在動盪不安的流亡歷程中渡過。一九四九年來台後，他重拾畫筆，在安定但遷徙不斷的教書生涯中，除養兒育女外，更在餘暇藉墨飛舞，以筆作歌，瘋狂揮灑了六十個年頭。

今天，他的畫在台灣、中國大陸，以及東南亞，算是小有名氣，且自成一家。從傅狷夫、黃君璧出師，自己融合張大千、李可染、石濤、溥心畬等大家，以及嶺南派各家手法，創造了「井氏潑墨」，墨色酣暢，氣勢磅礴，令觀者為之震懾。父親雖然年事已高，但仍然活躍於創作，每天一有空閒，就擲筆畫畫。他的手指關節，已經因長年操勞，和身體狀況而長出腫腫的繭，原本英挺俊秀的手，已經顯出老態，雖然還是挺有力氣運筆，但這是他一生為了畫畫所付出的代價。

父親因為我為他寫書的緣故，對我特別關愛，每次來我家，總要帶些禮物。他知道我喜歡喝茶，所以只要他有茶葉，來我家時一定會帶給我，以表示他的關心。他也知道我偶爾喜歡喝點啤酒，所以他會在住在我家期間，自己趁我上班的時間，跑到超市裡去買啤酒，晚飯時，他會鼓勵我喝一罐啤酒，我的心總是感到相當的溫暖。

有一次，我們為了一些不同原則的事，父親罵了我，說我不孝順，那天他真是急了，才會說出那樣傷我的話。我也明瞭，父親和我相處的時間不多，罵我的時間更少，這次他痛快的罵了，一定是累積了多年的不滿和怨怒，一次且完全地發洩了出來。想到這裡，我就閉口無言，心想，應該罵，我以前太少有機會在他面前接受他的責罵了，現在應該彌補這樣的虧欠。那時，我正在廚房炒菜，預備晚餐，我隱忍著，把飯做好，與父親共進了一餐憂鬱的晚餐。

事後，我在房間裡繼續寫作，一段時間後，父親緩緩地走進房間來，帶著極為憂愁難過的表情，幽幽地對我說：「唉呀！爸爸說了你真是心疼，跟刀割一樣。」我的心也為之觸動，一時不知如何回應，愣在那裡。

「爸，沒有關係，罵我沒有關係。」不久後，我這樣回答，然後就不知道再如何往下接話。當下，我可以感受到父親的心，好像用棍子打了自己的寵物，然後又用雙手撫摸著剛剛寵物被打的痛處，一邊說著呵護的言語。那時，我同樣感到無比的溫暖。

小器大成
——恣意揮灑滿人間

有一天，爸爸隨手畫了幾隻小雞拿給我看，分別畫在兩張小紙上。其中一張有兩隻，另一張有一隻。爸爸斜睇著眼，睥睨著兩張小圖，雙手各握著一張。

「你可不可以把這兩張合成一張？把這隻單獨的小雞放在那兩隻雞的後面？」爸爸問。

我猶豫了好久，竟不曉得該怎麼做。「我試試看」，我說。

「要不然就把這隻放在這兩隻之後……。」爸爸把兩張紙一合，兩張圖就併在一起，三隻小雞就成了一群。我仔細端詳小雞的樣子，用墨勾勒塗抹而成，筆觸簡單，墨韻生動，濃淡相間得宜，且模樣鮮活。我很難想像，只要幾筆粗劃墨色宣染，點綴幾筆細的線條，就把小雞身形標了出來，樣貌著實有趣，畫工唯巧一字可描。

我記得小時候，爸爸曾畫過很多不同的物件；如雞、竹、柳樹、牡丹和梅花等物，但大體仍以山水畫為主。爸爸畫雞，近幾年來，很少看見，也許我和爸爸聚少離多，不知道爸爸除了山水畫之外，還有什麼不同的畫題。僅知道他近年來獨自鑽研潑墨山水畫，且創出了他個人的風格；其中有張大千的厚重揮灑、傅抱石的自由創意，和李可染的寫意鮮活。

「我這幾年的畫比以前重，顏色和層次都比以前厚重。」爸爸說。

「怎麼樣叫做重？」我問。

「就是叫人一眼看不透，感覺有很多層，深度很深，距離也很遠。」爸爸回答。

「那麼，什麼是潑墨畫？」我再問。

「潑墨山水畫，顧名思義，就是把墨潑灑在紙上，讓墨自由發展渲染，加上人工的掌控，使它流露出一股自然的神韻。」爸爸有一次在車上跟我說。

「那不就只是一種技巧嗎？」我望著車外的夜色問著。

「不是用固定的技巧所能達成的，那是一種不能說的神韻、靈氣，是無法學的，需要有天賦才能做到。很多學生學了很久，都發現不行，做不出來，做出來的都很死板。」

「哦！」我轉頭望著爸爸，心中燃起一幕幕濃重氤氳的山水意象。

今年過年很……。

每年過年，只要在台灣，我都會到媽媽家報到。

今年也不例外，除夕下午，我到超商買了些禮物，一盒人蔘精，一袋新東陽肉鬆，兩罐葡萄酒，三罐不同口味的抹茶粉。在綿綿陰雨中，開車前往媽媽家。那樣陰霾的天候，濕冷的空氣，引發怪怪的心情，像是忘了一件重要該辦的事，但一點都想不起來的感覺。

媽媽住在我小妹家，她個性孤僻，心善能幹，不愛見人，疼愛子女。為我開門的是今年已經八十七歲，有著像強力黏膠沾著絕不脫落的滿頭白髮的母親。她喜歡穿著老舊的棉襖大衣，深色長褲，嬌小的布鞋，雙手插在袖子裡取暖，頭上戴頂褪色的舊帽子，笑盈盈地看著我。

她住我妹妹家已經至少十年，為什麼不跟我爸爸住？她的理由是要照顧我的兩個姪子，因我妹妹工作忙碌，無暇照顧小孩。這一照顧就超過十年，我曾問過媽媽，兩個外孫都大了，一個高中，一個大學，他們已經可以自己照顧自己了，他們也說不用妳照顧他們了，妳要不要回爸爸家，和爸爸一起住？她總是乾脆的回答說：「不要」。至於為什麼？我們心知肚明，應該是她喜歡自由，更愛孤獨，她受不了在爸爸家常得面對客人，偽裝自己，取悅別人，這就是真正的原因。這幾年，她似乎找到了能釋放她八十多年來所累積的重負的方式。她最享受的事就是；住在山上，獨守空房，看電視，睡覺和發呆。

一開始，我總覺得媽媽固執，但經過了若干年的勸說和辯論，我漸漸悟出了和以前不同的看法，我不能自私的照著自己的想法為母親安排事情，她有她自己的自尊、生命經驗、人生理念和生活的方式。我們這一輩的人，真的不能深切體會她從年輕到年老所經過的大江大海，人生的波浪。目前她所展現的生活方式，就是全然放鬆，放下一切責任和勞動的事務，如此，她才可以獲得完全的自由與輕鬆，她的日子於是變得相當的喜樂。

她之所以這麼做，其實不難理解。她從十八歲嫁入我爸爸家後，就成了家裡的首要勞動者，家中所有勞務都要擔當，每天買菜做飯，打掃洗衣整理家務，親手做工，無一日懈怠，也沒有假期。和公婆在一起的時候，更是家中唯一的佣人。她任勞任怨，永遠主動做事，從不偷懶。

然而，近幾年她得了老人癡呆症，記憶力逐日減退。她索性連往日的勤勞個性都健忘了，她變得不愛做飯，不打理家務。每天只吃土司麵包，喝牛奶。看電視是她唯一的活動，累了就躺在沙發上睡，醒了就繼續看電視，晚上早早就上床睡覺。這就是她近幾年的生活模式，我問她妳快樂嗎？她說，快樂，不用做事很快樂，做了一輩子的事，現在想休息了；不用做事好快樂，她再次強調。我聽見她說快樂，我就不再說什麼，我真的只希望她快樂，就像周杰倫的歌中所唱的「讓自己快樂快樂，這才叫意義」那樣。

以往過年，媽媽總是做豐盛的年夜飯，傳統北方菜餚，饅頭、扣肉、涼菜、炸麵團、魚、肉等，總要擺滿一桌子的菜，孩子們吃得不亦樂乎。不過，突然有一年，她不再做年夜飯了，應該是記憶力衰退的緣故吧，不僅是菜的作法忘了，更是把作菜的動力和慾望給忘了。關於這點，我一點辦法都沒有。

我帶著禮物到了妹妹家，媽媽笑臉迎接我，說：「還帶這麼多東西！」我說：「不多，不多，過年嘛！」我到的時候，爸爸外出到姑姑家吃飯，妹妹感冒，安靜的坐在沙發上，不久後，進房睡了。兩個姪子分別從房裡出來，跟我打招呼，然後把他們養的太陽鳥請出籠子，架在手指上，依偎在鼻子前親吻，並且放在我手上，讓我享受與鳥親近的感覺，好像讓他們親生的嬰孩讓我抱抱一樣。

傍晚時分，我做了兩道菜，一道煎魚，一道海參炒青菜。我們把菜端到樓下大伯母家，一同吃年夜飯。自從媽媽不做年夜飯之後，我們都到大伯母家過除夕。大伯母已年逾九十，除了雙腿稍弱，行動不便外，記憶力和談吐，矯健如飛，超過年輕人。二十幾年前，她的先生和兩個兒子，相繼過世，現在自家只有一個大媳婦和一個孫女了。吃年夜飯時，我的爸媽、兩個姪子、大伯母從國外回來的孫女和德裔美人孫女婿，以及大媳婦等人，同桌用飯。席中，主體說話的就是大伯母、大媳婦和孫女三人，他們都是健談的人。媽媽也特別高興，還不自覺的唱了好長一段小時背誦的打油詩，要她再唱時，她總說，忘了。席尾，大伯母情緒有點激動的說：「哎呀！這些日子，我們三個娘兒們過得真不容易啊！」「不過，現在總算熬過來了。」

我忽然想到我的媽媽，想到她坐在大伯母的身邊，不出一語，只是面帶靦腆的笑容，看著大伯母。其實，當時她已不知去向，可能上樓回家了。如果她在現場的話，她又會怎麼想呢？「哎呀！這有什麼好說的，我受的苦不比妳少啊！」或是「嗯！的確，妳真是福人有福報，總算熬出頭了！享福吧！」或者「嗯！……。」我也不知道。命運就像滾過地面輪胎的痕跡，有的深而清晰，有的開始變形，有的已經模糊不清了。

亮眼的夏天

我們又走上Fremont的街道，在六月的初夏，有我、媽媽和妹妹。

太陽不算太烈，有春天的溫煦，夏天的光彩，極為亮眼。

我們走得很慢，感受那無人的街道上，夏日中仍帶一點寒冷氣息的空氣。我們彼此對望，相視而笑，用著各自有著自己感覺的表情，嘻笑而行。

陽光的確很亮，叫我不得不帶起太陽眼鏡，但是我並不喜歡帶太陽眼鏡的感覺，好像在明亮的天堂前，遮上一層罩子。雖然如此，心裡仍然有天堂的感覺。

路上的景緻，非常夏天。天空藍得可以，視野完全沒有遮攔。原本西部的荒野，今日已經被文明馴服，但荒蕪的痕跡仍然顯露。

有聒聒的鴨叫，從遠方叢林裡傳來，仔細一看，一隻母鴨帶著一溜小鴨，一搖一擺地往前行，一邊走一邊叫著，不一會兒，就沒入林中。

夏天的力量，從枯黃的草地和乾裂的樹幹散發出來。帶刺的乾花，荊棘一般的葉子和梗莖，把熱化約成濃厚的敵意，拒斥著可能的侵犯者。

另一邊卻是垂出牆外的果樹，各種熱帶水果，競相爭豔。李子、桃子、杏子、橘子、枇杷、無花果，還有不知名的果子，都聚攏了訴說著夏意。

我們撿拾著落在地上的果子，有熟透的紅潤和汁漿，很想大快朵頤，一口把夏天吞掉。

在路上只遇見一位老人，和我們一樣，都是空氣與風景的撿拾者，我主動跟她笑了一笑，她僵硬的表情略為融化，露出了點笑意。擦身走過後，我轉頭看媽媽正與她交會而過，媽媽笑了，後來我問媽媽：「你跟她說了什麼？」媽媽說：「我說嗨！」她也說：「嗨！」。

真是奇特的相遇，都在海外，有清幽的環境、落地的水果、孤獨的老人，還有逐漸轉溫的膚熱。

巻四　兄妹

關於**吃**的記憶

親愛的大哥：

我很想跟你說一些話，因為這些年來，我們幾乎沒有說話的機會與時間……。

即使有時有短暫的相會，但你總是迴避著我，也許是迴避著我的家。這一直是我深處的痛，因為我完全不知到自己做錯了什麼，或在什麼時候得罪了你，讓你無法忍受，所以決定與我絕交，再也不理我了。如果是這樣，真是我的悲哀，也是我們這個家的悲哀。畢竟我們都不年輕了，我們還有什麼機會能重頭來過？

為了補償我所失去的機會，我想要先跟你說些感謝的話，因為也許以後不再有機會，幸好今天的科技如此發達，有部落格這個工具，也許有一天你會看見這個部落格，並且看見這篇文章，希望能藉此化解一些我們的隔閡。不是時空的距離，而是心裡的距離。

謝謝你從小就照顧我們四個弟妹，從台北回家總是帶禮物給我們。我記得你帶給我們的兒童書中，還有一句經典的語句「金頭蒼蠅真荒唐，滿盤蛋糕全吃光」，小時在我們幾個弟妹的口中朗朗上口。每次我們一朗讀，就要嘻笑一番，沈浸在小時的艱辛又愉快的記憶中。

謝謝你小時候會騎著腳踏車，載著我從鄉下到鎮上吃小吃。那對我而言，是相當享受的事，因為小時我們窮，物資缺乏，能到外面吃東西，是相當奢侈的事。有一次，你帶我吃蚵仔煎，我們兩個共吃一盤，我吃了我覺得該吃的份量後，盤內沒剩多少，我還很大方的說；「剩下的全部給你。」你好久不說話，空氣僵了很久，你說：「這一點還給我？」不論如何，我總是因你常帶給我們意外的驚喜而興奮。

謝謝你把我帶進文學的殿堂，從新詩到西洋翻譯小說，你會將你徜徉的心得與我分享，建立了我對文學的閱讀興趣，今天我能在這領域裡工作，都要歸功於你當時對文學的熱情。你把你的熱情傳給了我，使我也能發揮並享受這項恩賜。多年後，我去美國讀書，也是依靠你的教導與支助，若沒有你，我可能一輩子在台灣打轉，無法見到開闊的世面，我需要再次表達我對你由衷的感謝，因為這個債我是還不完的。

有一年，我去美國看你，你正在讀博士，你像小時候一樣，帶我去外面吃東西，好像是一家中東的烤雞館子，我也許記錯了是哪一個種族的館子，但是，我記得你帶著興奮的表情說：「我帶你去吃一家很棒的烤雞店」。後來，你帶我去吃了，果然名不虛傳，吃得我口水直流，把它的包裝紙都舔得乾乾淨淨。心中不免期待，下次你又會帶我去吃點什麼稀奇的，就像小時候一樣。可是，好景不常，這些年來，我們幾乎再沒有這樣的機會。

直到前幾年，我到南部去看你，你又帶我出去吃東西。這次是帶我去吃當地很有名的羊肉爐，我仍然滿心期待，希望吃到平常我根本不會主動去吃的人間美味。果然，像在美國的烤雞一樣，有它獨特的風味，而且單單吃羊肉爐，切羊雜肉，配上麵線，也能吃飽，而且吃得食指大動，渾身冒汗，直呼過癮。奇怪，為什麼每次我與你在一起總是有叫人難忘的吃的經驗？

當然，也有較為悲苦的時刻。我們都年輕時，有一年我們住在爺爺家，爺爺在民國三十八年，隻身帶著全家大小，顛沛流離，飄洋過海，從大陸避難來台。因為勤儉持家，毫無生活享受可言。家中冰箱除了鹹菜與剩飯外，沒有什麼可吃的。有一天晚上，我們都餓了，打開冰箱巡視，只發現了一個雞蛋，連鹹菜都沒有，整個冰箱是空的。你就開始想辦法，想整出點東西來，我對你搞吃的能耐，真的也很有信心。所以，我跟在你旁邊，希望能一同做出些什麼美味的食物來。我們把這一顆蛋一齊拿到廚房，然後在廚房內想找些能配合處理的材料，接著說時遲那時快，那顆唯一的雞蛋，從我們的眼前逕自滾落至地面，雞蛋應聲而破，蛋黃濺開滿地。我們愣了一會，相視苦笑，然後開始擦地板，連最後的希望也破滅了。

我還要謝謝你，以前總愛聽我說話，我只要說些有趣的事，你就會開懷大笑，讓我很有成就感。我很喜歡你的真誠，沒有防備的心，可以開懷地說與想。但是，我們相處的時光總是短暫的，你喜樂的時間也是相對的短暫，這是我最感遺憾的事。你會高興，但是會在不知不覺中進入烏雲密佈的處境，突然之間，空氣就凝肅了起來。這常會讓我不知所措，如泰山壓頂，再也開不了口。你也不是怪我們做錯了什麼，而是你自己已經把自己關閉了起來，我突然覺得無依，好像你帶我去吃美食的時候，突然離開攤位留下我一人就走了。

這幾年，我們幾乎沒有什麼見面的時間，更別談有品質的交談，我感覺很失落。我懷念以前我們相處的時光，你想盡辦法做出美食招待我們。我希望能再吃到你的飯，便宜的路邊攤都好，也希望你能答應我的邀約，吃一頓比不上你所預備食物的味道的飯局，讓我們的情感不會冷掉。這幾年我過教會生活，學會了吃飯這件事是很重要的。也許我們的分隔，真的只是機運的作弄，但我對於這些年我們相離的光景，難免心中作梗，我希望在還有機會的時候，再向你表白，我真的愛你也需要你這位大哥。

妹思

時間過得真快，轉眼我妹妹已從費利蒙市（Fremont）搬回台灣居住了。

今年寒假我來美國時，妹妹已經不在這兒了。以前我每次來都要去看她，但今年我望著碧藍的天空和飄逸的白雲時，卻只有想像著她在台灣的生活景象了。也許正拉著菜籃，穿過熙來攘往的車陣，到菜市場買菜。不像在這兒，不論做什麼事，只要一出門，就得開著八人座的休旅車行動，好像走路時總得穿上一台在異形第二集中的巨大的走步機（機械人）一樣。

我突然想起她家的兩隻貓。一隻身手矯捷的灰貓，小時會睡在我姪子的肚子上。成年後，從科羅拉多州跟著妹妹一家五口，千里迢迢的坐著休旅車來到加州，相當愜意地過了一段日子。有一天，過街時不幸給車子壓死了，我的姪子還為牠哭了，妹夫將牠埋在院子裡。第二隻貓，是妹妹搬來北加州後，從鄰居跑過來的野貓，一隻白色參有黃毛的貓。因為一直生活在室外，常搞得土頭灰臉的。有一年，我看見牠生病了，流了滿臉鼻涕，還有一條垂掛在鼻子下，嘴巴發出沙啞的聲音，像經過電子調音後機械式的沙啞聲音，感覺相當淒厲。再下一次，我在台灣遇見妹妹時，再問起她那隻白貓的下落，妹妹說牠已經死了，有一天牠從牠的窩上掉到地面上就不動了，過去看時，牠已經死了。妹妹說牠病得很重，她還把抗生素磨成粉餵牠吃，但仍救不了牠。畢竟，貓的壽命相對於人來說，還是相當短暫的，即使沒有發生意外。

妹妹回國前，我曾在台灣為他們找房子，希望他們能住得離我近一點。現在，他們已經回國了，住在離我家不算太遠的地方，只是我又來到美國，暫時與她又是相隔千里，在地球的兩端，一上一下，一晝一夜。說來有趣，今年，我們仍然無法一起過年。

今天早晨仍然是被凍醒了，雙腿緊得發痠，索性坐起身來，在床上被中愣了半晌。下床後，不覺地走到院中，有一半的草地已經籠罩在金黃色的陽光裡，還有一半處在陰影中。在陰影中的部分，我發現草上竟然結了一層薄霜，像灑上了一層發亮的白粉似的，用手一摸，相當冰涼。霜在指尖，立即化成了水。走近一看，蘋果樹上僅剩的兩顆尚未成熟的蘋果又掉了一顆。據兒子說，入冬以後，我們種的果樹常結冰，葉子從綠的給凍成黑的，之後就都一一凋落了。

聽說，台灣現在正處在濕冷的寒流氣候中。妹妹在電話中說，台灣好冷，天天都是陰冷濕寒的天氣。她說，美國很好，一直都有陽光，閃亮閃亮的，雖然冷，但是有陽光，讓你有溫暖的時候，讓你有歇息的時候。我知道那種感覺，每年在往返台灣美國時，飛機常穿梭在雲霧中。進入台灣上空時，濃重的雲霧把飛機包住，我們就進入灰色的氛圍裡。而離開台灣要進入加州上空時，耀眼的陽光射入機艙內，使機艙內顯得異常明亮，像《ＡＩ人工智慧》裡高智慧生物（創造者，抑或是神）把一直想成為真人的複製小孩，帶進的永恆又短暫的時光中一般，那樣令人興奮、超升，又有稍縱即逝感中的極度感傷。

我的大妹

記得小時候，妹妹花了她所有的積蓄，八十幾塊錢，從錢幣商那兒買了好多古錢，多半是清朝的錢幣，買來送給我，做生日禮物。

我真是受寵若驚，木訥得不知如何回應，只有藉著不斷檢視那些古舊的錢幣，表達我的欣喜，我竟不記得有沒有說謝謝。在我年紀漸長後，對收集錢幣的興趣已經淡薄，但我仍記得我當時看見那些錢幣時欣喜的感覺，以及妹妹臉上期待的表情。

有一年，我本來要去科羅拉多州看望我妹妹和我兒子，但因為計劃臨時變更，我並沒有去成。後來妹妹跟我提起，她知道我喜歡吃醃的酸黃瓜，那一次知道我要去，特地為我買了一大罐酸黃瓜，因為我沒有去，所以那大罐酸黃瓜擱了好久才處理掉。我再次感受到妹妹純純的愛，那是我身上一直缺乏的力量。

我和妹妹在我家兄弟姊妹中算是最接近的，在年齡和性情上都算是相近的，但是妹妹卻比我老成，懂得安慰人，讓人高興，常常犧牲自己的好處，為了滿足別人的需要。而且，不抱怨，不爭競，寧願委身作最低的，也不願顯揚自己。她關心家人，照顧朋友，孝順爸媽，體貼夫婿，眷愛小孩。但她從不表達自己的想法，或是顯出她的喜怒哀樂之情。有任何事情，她總是壓在心中，吞在肚裡，讓時間和身體慢慢消化它。

我很喜歡和妹妹相處，因為她總是讓我說出我心中的抑鬱，讓我沒有後顧之憂，有作哥哥的成就感，我很感激她，因她叫我的信心能常顯在她的面前，而我相信，這種信賴與穩妥感是我們在任何的人際關係中都企望獲得的。每當我在她的身邊，我就有種安穩想要傾吐心中感覺的慾望，而且不必害怕受傷害。

因著年事漸長，本來都少言的我們，都變得更為無言，似乎一切盡在不言中。當我們有機會在一起時，常是此時無聲勝有聲，有很多話都在我們的心裡消化了。我感受到妹妹身上承擔著生命中必須承受的生命之重，而我也減少了許多以前那種力挽狂瀾的雄心，不是我有什麼先知卓見，而是我們似都從生命的歷練中，熬練出某種成熟的態度，一種觀看世事的態度。

妹妹因著身體不適而決定出外散步，舒展一下身體，我也搶著跟上，她要我戴上黑眼鏡，防曬的帽子，穿上球鞋。我們一同走在一月Fremont的街道上，空氣凜冽，帶著寒氣。這樣的時間和空間真是難得，讓我們細細品味了冬季裡的親情、耀眼的陽光、如洪流般的記憶和絢爛，在時光裡歸於平靜。

卷五　我靈

沙其馬上與囚牢中的螞蟻

在美國加州費利蒙市探訪兒子時，一個有藍天白雲的晴朗下午，吃過午飯，我在桌前寫作。

兒子從我自台灣帶來的零食袋中取了一個沙其馬來吃，沒一會兒，他拿著一個拆開塑膠包裝的綠色海苔沙其馬，擺在我面前，指著它對我說：「你看看，有螞蟻！」

「螞蟻？怎會有螞蟻？」

我先是心頭一驚，然後帶著不信的心情拿起他遞給我的那個沙其馬，定睛一看，只覺得上面有些黑色的細絲，感覺像是芝麻之類的酌料似的，然後對兒子說：「我必須要有放大鏡才能確定！」他非常堅決的說：「我確定是螞蟻，我一看就是！」

我仍然不敢立即確定的說：「我一定要一個放大鏡才能確定。」

兒子開始在他書桌的抽屜裡翻找，找了好幾個抽屜後，又回到第一個抽屜裡翻，不一會兒，他真的找到一個小型放大鏡，包在塑膠袋裡。他帶著勝利的笑聲，把放大鏡從塑膠袋裡拿出來說：「嘿嘿！」，一邊把放大鏡遞給了我。

我拿起放大鏡，開始仔細的端詳那個沙其馬上的細黑線。不一會兒，我真的看見那細小的黑絲，竟然就是一隻隻超小的微螞蟻，像侏羅紀琥珀中的化石螞蟻一般安詳地鑲嵌在沙其馬的表面上。我從未見有如此細小的螞蟻，心頭帶著些許的不甘，勉強的說：「欸！真的是螞蟻耶！」

「看吧！」兒子在遠處高聲應道。

立刻興起的念頭是，做食品的人為何這樣草率、粗陋，另一方面又感到驚嘆，螞蟻真是無孔不入。正想著的時候，兒子又從零食袋裡搜出了另外四包一樣也帶有那細小黑絲的沙其馬，放在我面前。我一一拿起用放大鏡翻來覆去的檢視著。「赫！真是螞蟻，有的多，有的少，若是不注意看，當酌料吃下肚是很自然的事啊！」心想，這要是在台灣，馬上就要鬧上社會新聞了。有一瞬間，我竟有想將它帶回台灣到我購買的商店去理論的念頭。

「拿回店裡，他們一定會還你一整包新的！」兒子以平平的語氣說。

沒錯，他們是應該會賠一整包新的給我，只是這樣做划得來嗎？還要經過海關，遠渡重洋，千里迢迢的送回店裡。我還擔心店主不相信我呢！懷疑是我自己沒保護好食品才遭了螞蟻。他可能會說：「我怎知螞蟻是在你買之前，或你買之後才爬上去的？」一想到要無辜的遭遇到這樣的纏訟，心裡馬上告訴自己：「算了吧！只是四小包沙其馬而已啊！」於是，我把那四包沙其馬都扔進了垃圾桶。

這令我想起一個關於螞蟻的故事，是來自彭柯麗所寫的《密室》。

她是個荷蘭人，生於二十世紀初，經歷了二次世界大戰。「密室」（The Hiding Place）是二次世界大戰中的真實故事，當時，荷蘭淪陷於納粹暴政統治下。彭柯麗的家是世襲的鐘錶店，他們為了收留逃難的猶太人，於是在家裡的房間中建了一間密室，有巧妙的偽裝，外人絕無法發覺。

當然，他們保護猶太人的行動，也遭納粹識破，全家因此被補入獄，輾轉被送入德國集中營，遭受嚴重苦害虐待。然而在獄中，她和她的姐姐憑著對神的信心，仍不畏勞苦，有機會就傳揚福音，為獄中人朗讀她們一直隱藏在身上的聖經經文，並為軟弱者禱告。

我要講的故事，就是當彭柯麗入獄一段日子後，被安排在一間個人的囚牢單獨拘禁。在身心俱疲，焦慮壓抑孤寂的情況下。有一天，她發覺她不再孤單了，在她孤獨的囚室中，出現了一隻細小、忙碌的黑蟻。一天早晨，當她把馬桶拿到囚牢門口時，幾乎一腳踏在牠身上，幸好她即時發覺，她也為此項發現感到興奮。她蹲了下來，仔細欣賞螞蟻那奇妙的腳和身體，然後，她向那隻黑蟻道歉，並答應牠以後不再那麼漫不經心的走路。

然後，螞蟻消失在地表的裂縫中。當晚餐的麵包出現在牢房門口的架子上時，她捏了一些麵包屑，丟在地上，螞蟻立刻走了出來，這令她相當高興。她看見螞蟻在背上背起了相當大的麵包屑，掙扎著把麵包屑拖進洞裡，然後又立刻回來收拾其他的碎屑。她和螞蟻的關係就這樣建立了起來。

每天，她的房裡，除了有一小塊太陽照進來之外，她又增加了一位她稱為「勇敢而英俊的客人」，其實是一隻螞蟻，但很快就變成了一小隊的螞蟻。此後，如果當她正在臉盆中洗衣服，或在地上磨她自製的小刀時，這些小蟻隊一出現，她就會立即停止工作，聚精會神地看牠們的活動。她說：「在囚室中同一時間做兩件事，實在是一種不可思議的浪費！」

後來，她和她的姐姐一起被送往德國專為滅絕猶太人所建造的集中營，然後，姐姐被折磨致死，而她自己則在飽經苦難之後，最後竟因營中書記官一個人為的錯誤而被釋放。一個禮拜以後，和她同齡的所有婦女都被送到煤氣室毒死了。她輾轉回到荷蘭以後，繼續推動她和姐姐在獄中的行動，四處演講宣教，傳揚神的愛，建立收容所，專門接待被釋放的囚犯和其他戰時受害人，甚至幫助那些戰時與德軍合作的荷蘭人，恢復他們與本國人的關係。

她在她的書中的結尾處寫著：「……。醫治這世界的能力不繫於我們自己的饒恕，也不繫於自己的良善。乃繫於神自己的饒恕與良善。當祂吩咐我們去愛我們的仇敵的時候，跟著這命令而來的便是祂所賜給我們的愛。」

彭柯麗對人對物都充滿了神的愛與啟示，她對神執著不死的愛，使得神的愛在她那個世代，藉著她而大得彰顯。這令我想到，我們眼前一點點的犧牲，也許正是讓神的愛得著彰顯的方式。

憂鬱的世界

這世界是個憂鬱的世界，也是個使人憂鬱的世界。所以有人選擇喝酒，有人選擇揮霍，也有人選擇罵人，但是只會創造更多的憂鬱。

說實在的，最近心情不很開朗，有點鬱卒。雖然生活忙碌得要命，家庭事業都算興盛。但是為什麼心裡就是有些解不開的結，那些在無意中糾葛的結，理智上已經被強制遺忘，但情感上，卻仍在深處，使得心在無法控制的情況與不自覺中隱隱作痛。

是憂慮嗎？是性格的弱點嗎？我想都是的，只要一些心裡的污穢還沒有除淨，那隱痛會一直存在。人是感情的動物，有心思、意志、情感，而心思常左右我們的情感，至終也決定我們的意志。但是我要受牠奴役嗎？不要！只是心情是不聽使喚的，她有自己的曲線，不照著你的意願來走，常有彼此拉扯的時候，到那時，就看誰的拉力大，誰才是真正的主人。

我是我的主人嗎？有時不是，有時是。不是的時候，心情不聽使喚，逕自踏著自己的步調，離你而去，讓你的肉體形孤影隻，像行屍走肉。若有人從旁經過，或跟你對話，就要發現你陰陽怪氣，悶悶不樂，也要染上一點陰霾之氣。當你是自己主人的時候，你會是快樂的，主動而積極，說話暢快、行動豪爽，與前面情形判若兩人。

這兩種情形我都有過，我們好像無法一直維持在高亢的情緒裡，或是一直維持在正面的情緒裡，因為我們是有缺陷的人，是軟弱的器皿，是有罪性的，也就是有邪惡的素質在我們裡面，是我們無法抗拒的源頭，我們注定要受牠的轄制。但我們豈是願意就範的人？當然不是，只是矛盾的是，我們永遠無力對抗那種下沈的力量，我們需要一種向上提升的力量提拔我們。

這也說出為什麼這世代有這麼多憂鬱症患者，可以說這是個時代的病，或者說這整個世代病了，都陷在憂鬱的情結裡了。追究原因，應該是因為這世代的生活儀，如果有的話，是失準了，人們忙錯了方向，把自己給弄昏頭了。無止盡的追求功名利祿，把自己的魂生命都喪了。從來沒認真想過，這樣活著是否值得。所以人就一直沈淪，直到深深陷在泥沼裡，不可自拔。

我們是需要神的，需要神的救贖，叫我們從人的自大裡出來，學點謙卑的功課，知道人的盡頭，就是神的起頭，叫我們的生命有點喜樂吧。不，是要被喜樂充滿。至少神是謙卑的，祂創造了我們以後，並沒有要我們回報什麼恩惠，祂反而給了我們自由意志，要我們自己選擇，看看我們會不會，總有一天，選擇要神，要神的拯救，把我們一生的爛攤子都交給給祂解決？

可惜人都給魔鬼蒙蔽了，永遠只看見那棵知識善惡樹，永遠在那裡評理抓錯究責，伸出指頭，指向別人，人當然不會因此而喜樂，反倒因此愁苦。聖經裡說：「喜樂是良藥，哀傷的靈使骨枯乾。」這是一針見血的話，也是智慧，從起初的創造，就已經賜給我們了，但我為什麼還老是像個乞丐一樣，在豬舍裡吃豆莢？永遠在犯相同的錯誤？真是有病了。我這樣說，是為著反省自己而說的。

向高山舉目

二〇〇八年四月四日，早晨七點，屋外下著淅瀝的雨，天氣似乎沒有放晴的跡象。吳弟兄在電話裡和我說著：「我想我們還是照常舉行，不要讓弟兄姊妹在屋裡待著。」我完全贊同，掛上電話，我們抱著和雨奮戰的心，就準備往山上出發。

可喜的是，我們來到室外，在集合等候時，雨似乎停歇了腳步。大夥兒精神抖擻地向面天山前去。一溜煙地我們就上了陽明山，行進途中，不經意地轉頭一看山下，驚見北投市景籠罩在煙雲之中，虛無飄渺，宛如仙境。於是我立刻停車，留下一車的人坐在車上，自己下車去拍照。我的弟兄姊妹們，也都相當扶持，在車上靜靜等候，沒有催我，我則抓住時間，快速壓下快門，把稍縱即逝的光影捕捉下來。

到了出發地，一開始跨步，就面對著幾乎是五十度的斜坡，全部是階梯，我一步一腳印地，緩步並卑躬屈膝地，一走就是一個多小時。經過了很長的石階後，我們來到較為平緩的地面。一路上，都走在樹叢之中，地面濕滑，青苔漫佈在碎石與泥濘交錯的土地上。空氣雖然有點冷肅，但我們全身發熱，汗水淋漓。平衡起來，算是蠻舒暢的。

當我們來到平地處，還是曲徑通幽的小路，左右景色，時而變化，近觀遠眺，兩相怡悅，真叫我們眼界大開，興致盎然。吳弟兄大喊著：「啊！我們賺到了！我們賺到了！」我遲疑了一會兒，也猛以點頭和微笑深表贊同。在都市塵埃中，得此佳境，使我們能洗去憂煩，呼吸天上空氣，向高山舉目，這是何等慶幸的事，不是賺到了又是什麼呢？

不多久，我們到了二子坪，四面環山，中央有個遠古留下來的瀉湖，湖面如鏡，倒映天光，鏡裡有碧綠的水草，大夥兒看了直呼好美，不覺沈醉在眼前美景，一面拭汗，一面呆若木雞地享受現場的氣息和景致。我們甚至忘了該唱詩歌。

回程很快就展開，因為中午我們定了餐，必須十二點趕到餐廳。這樣緊湊的行程，叫我們更加珍惜這短暫的時光，不斷回眸那纖塵不染的天上人間。我們朝著原路走回，那一千多層的階梯，真是考驗我們的膝蓋能耐。我們體驗到「上山容易下山難」的真諦實義，有弟兄滑倒沾了一身泥，但仍然對詢問的人答以：「我練習滑壘」。

我們在紅磚厝用午餐，那是個完全屬於台灣鄉間風格的餐廳。大夥兒覺得在室外用餐更有請調，所以就一同接力，疊床架屋，一會兒架起了四張大圓桌子，各圍繞了十幾張紅色塑膠椅，像煞了鄉下辦酒席的樣式。我們大聲唱著詩歌——向高山舉目，雖飢腸轆轆，但靈裡喜樂。有福音朋友甚至恩感淚下，有姊妹激動起舞，大家都彼此敞開，釋放靈。這種相調，不是社交型態的交誼，乃是在靈中的交契，各人都有獨特而珍貴的摸著和感動。

茂盛的生命

幾個禮拜前，聽一位姊妹琇宏說，把一把種子種在一個盆裡，長出來可以顯出很茂盛的樣子，很好看的。

有一天回家後，我發現家裡陽台上多了一盆裝了沙土的花盆，我問太太說：「這盆種的是什麼？」

「琇宏送了一把種子，我把它種了。」太太回答。

「全部用沙子？」我問。

「我只能找到這種土。」太太答。

「去哪裡弄來的？」我繼續問。

「溪邊挖來的。」太太遠遠答著。

每天我回到家，第一眼看的就是這盆光禿禿的沙土盆，心裡懷疑它能長出東西嗎？過了一兩週都沒有動靜，因此它成了我丟植物垃圾的地方，周邊有掉落的葉子或碎削，我撿起來就往這盆裡丟，把它當成有機的養分。然而，對於它的生長可能性，心中仍沒有多大的把握。

不過，出乎意料的是，幾週後有一天，那盆沙土的表面像是地層斷裂般地分開了。先是一處，後來好幾處，龜裂的地表像地震後的景象，蠻嚇人的。接著幾天後，從裡面長出一棵小苗，整盆就那麼一小顆像豆苗似的小樹立在盆中。

又幾天後，從其他地方同時冒出許多小綠芽，然後在一兩天內，種子全發芽了，努力生長的小綠芽，漸漸長成墨綠色的小葉片，立在一株株的小幹上，顯得容光煥發，綠意盎然，像片綠色的小森林。

這就是生命吧，發芽的時候，它能使出極大的力量，把地表撐開，破繭而出。長成幼苗後，它還能展現亮麗的姿態，釋放生命的能量與光輝，的確很好看啊！

釋迦之思——從植物看世界

原來是同一個釋迦水果的種子，分別移植在兩個不同的容器裡，生長出兩種不同的繁茂光景。

小盆的那顆高度較矮，葉片較小，葉數也較少。而大盆的那顆，不僅高度、葉片、葉數都略勝一籌外，連顏色與氣勢都顯得較為鮮豔和英挺，的確可以看出後天的資源與培養的影響力。

由此論到我們一般的文化現象，包括教育、宗教與藝術等範疇，不同的文化、政治與社會生態，是否也形塑了它們的外觀，甚至內涵呢？從植物的觀點來看，器皿的大小是決定性的因素。大的器皿養出大的植物，小的器皿養出小的植物。小的植物移植到大的器皿後，也能長出大的樣式來。但大的植物移植到小的器皿中時，只能走向枯萎。

當我們思考我們現有的政治、宗教與教育的格局時，也許可以移樽就教於植物的他山之石，讓我們檢視我們自己的盲點；只安於一種既定的作法，阻絕封殺所有可能的資源與想法，是否是一種保持純淨的有力措施？抑或是一種扼殺自我發展的愚昧心態？堅持一種價值理念，恐懼所有不同的價值理念，是一種機會？還是一種危機？姑且不論價值的對錯，單就器皿的觀點而言，如何開拓出大的格局，廣納百川，讓「植物」去說話，方才是我們展開思考的重點。有了這個基礎後，也許才能造就出一些大的人來。

與世界為敵

有一群人，不是很多人，就是七、八個人左右……。

他們因著相同的看見，相同的信仰，被帶進同一個生活、思想、情感與服務的交流系統中，可以說是一種無形的組織，基因於相同的信念，願意信託彼此，把自己交給彼此，過一種非常類似於彼此互助的生活。

他們為屬於他們的社群辦活動，照著一種超然的價值觀，不為自己謀求什麼，只是覺得這麼做對大家都有益處；就是大家的生命能夠成長，大家能夠從中學習大家所抱持的理念和價值。然後從中茁壯，在愛裡被建造起來，以致能為這超然的理念獻上自己，繼續服務社群中需要幫助的人。

我試著描述這群人，瞭解這群人，知道他們的極限，看見他們的困境。事實上，他們只是凡人，一樣有失敗、軟弱、疾病和自私。他們需要有更超然的愛來醫治、滋潤他們。使他們因著付出而乾枯的心靈，能重新得力，下垂的膀臂能重新舉起。因為人都是肉做的，超越人的極限、看不見的超人理念，無法除去人的感官肉體的需求，潔除人的自私、貪婪、驕傲、嫉妒、剛硬與偏狹。事實上，他們都是帶著以上種種元素，冒著讓這些性情叛變的危險，來進行服務眾人的工作。

但是，這樣做錯了嗎？我不認為，我覺得在他們以外已然敗壞的世界中，人已經向邪惡俯首稱臣，人自願活在沒有救贖的罪中，走向下沈淪的路。有鑑於此，我寧願選擇那勞苦的上坡路，辛苦點，但是有拯救，有生命的亮光，在每次極其黑暗的光景之後，我們總要享受那超越人所能理解的平安與喜樂。

光的痕跡

我們一生中因著自己的性格、抉擇與機運，造就了現今的我。可能是輝煌騰達，可能是愁雲慘霧，不管境況如何，都是跟我們自己的性格、選擇和機運有關。走過的道路必留痕跡，有些足堪為外人道也，有些則不足堪為外人道也。不論能否為外人道也，都已經留下軌跡，並正在影響著週遭的人事物。

所以要謹慎，對我們所說、所做，都要照著良心行。敗壞的話一句都不可出口，做任何事都像是為著主作的，不是做給人看的，如此才能發揮正面的影響力，讓人事物都能因你的抉擇和作為，產生正面的效應。這效應會繼續傳遞下去，讓整個背謬的情況能夠逐漸反正、扭轉。

世界如果是崩潰的亂堆，那麼人就是罪魁禍首，人離開神而追求自我、肉體，終至墮落在罪中，雖想扶正。卻無能為力。你能為你現在所處光景負責嗎？向你的親人說聲「對不起」、「謝謝你」和「我愛你」嗎？向你曾虧欠的人認罪，請求赦免嗎？你需要注意你內心裡的光，答應祂的呼召，從亂堆中找出蒙救贖的路。

改變形狀

原本很天然的樣貌，看起來非常亮眼，但是相對的，也很刺眼。我們最原始的想法或樣貌，常是非常新鮮，但是也非常刺人，如果們照著己意行，自己會很暢快，但常會不自覺地傷害或觸犯別人。我們可以說不知者不罪，但總是容易造成傷害。

我們身邊的親人或朋友，常是我們天然作法與想法的受害者。最溫柔敦厚的人，有時也是天然無比，那樣貌就如刺眼的相片，雖然很漂亮，但是很刺眼。當然，我們可以說沒有人是完美的，可是，這不是我要說的重點。我要說的是；若有人願為自己天然的樣貌和性情尋求改變，那將使我們更能接近人，和被人接近。除非你太欣賞自己的本相，任何的改變企圖，都認為是暴殄天物，那就另當別論。

為什麼我們從小到大，總要遭受許多災難、困苦和試誘？因為我們的天然完美到使我們不能應付環境的挑戰，我們不懂為什麼我們總是會碰上不順遂的事，因為我們的天然是要求完美的，並且照著自己的樣式來要求。只要我們的天然性情和思想習慣一天不調整與破碎，我們就一直要被外來的環境所觸犯並打擊。

改變形狀就是一種簡單的企圖，不照著自己天生的樣子生活行事，而凡事總是反自己的天然，叫我們的外型是經過破碎和重組的，就像這兩張圖片，原始相片清晰銳利無比，叫人眼睛無法直視，經過改變的一張，叫人願意進一步思索[illegible]義，而得到果實的意念，然而不受到它光芒的干擾與刺激，叫人可以享受它的甜美、溫柔與善意。這就是它們的差別。

修剪生命

最近因著熊老師教我Photoshop這軟體，可以處理一些影像，所以又對影像狂熱起來。

這是我長久以來一直想學的，但是一直沒這個機會。也許因為電腦恐懼症，或自己主動性不夠，所以一直擱置。直到摸到一點邊後，發覺影像被數位化後，幾乎是沒有不能改變的。尤其是Photoshop中的圖層的概念，可以讓一張不起眼的圖，變化成一張具神奇炫麗效果的圖，超出你的想像。

一張圖可以藉著複製變成許多張圖，然後再一一改變每一張圖的畫框大小、顏色、質感與動態效果，最後全部重疊在一起，組合成一張有特定色彩、樣式、質感、動感、焦點與構圖的圖畫，可以說是化腐朽為神奇。以前曾覺得好奇，人家網頁和廣告版面上變化多端的圖樣，到底是怎麼做到的，自己雖心嚮往之，卻總是力有未逮。現在總算撥雲見日，明白一點眉目。

但是，要能精通熟巧，就得耗費大量時間研練。每個人的本相就好比是一張原圖，可能是粗鄙醜陋，可能是麗質天生，但是都有他的天然本色。然而，一般而言，天然本色常是有稜有角，不修邊幅，很難抓住人的目光。即使是天生麗質，也常有它無法隱藏的缺點。換句話說，就是很難對人有益。我們就像那張原圖，而造物主就好像那繪圖者，藉著環境將我們修剪成一幅幅特定的形象和樣式，然後我們所有的特點融合起來，如此就把我們塑造成具有豐滿身材度量的形象，使我們對周邊人有益。也就是說，我們都需要經過修剪。就像那經過變化的圖，一下子就抓住人的眼睛，引發人對現實與創造力的思考。

每當我們睜開眼時，有沒有思考過，我們現在到底是停留在哪一張圖上，或說哪一個人生境界與階段上呢？玩物可以喪志，也可以成為我們的警醒吧！

永不歸回的「使命」

住在妹妹Fremont的家時，到附近的一個教堂古蹟去逛了一趟，叫做Mission San Jose，該堂建立於一七九七年，是個歐洲西班牙傳教士來北美宣教的遺址。

這個教堂沒有歐洲中世紀教堂的雄偉和富麗，從外表到內裡都相當儉樸而土氣，過去兩百年來一直是西方傳教士紮根餵養聖徒的地方，他們在此紮營、吃飯、睡覺、傳道、聚會、耕種與開墾，最終也埋葬於此。

建築物有兩部分，進門處內部過去是他們的宿舍，現在改成販售遊客紀念品的商店，以及他們生活與開墾遺物的展示間，古樸風塵的感受依舊。

從宿舍側門走出就進入一個花園，花園正中央有個水池，涓涓細水仍從水池中的柱子中流下。靠近主建築的邊緣，躺著幾個傳教士的墳墓，和漆成白色的教堂，一齊享受著豔麗陽光的照射。

從花園走進主建築，就來到了一間佔地約八十坪的長方形的教堂，舊時堅硬木質的長條座椅仍然整齊排列著。在那裡你可以想像，並略略體會先民如何在那裡禱告、懺悔，和思想生活所帶給他們各種巨大與微小的悲喜與衝擊。每當我來到這種地方，在深處總是會摸到先人的敬虔、刻苦與辛勞，以及對生命挹注的義無反顧。

走出教堂的另一邊，來到一片墓地，中間豎立了一根巨大的十字架，宣示了他們的信仰。

園內的墳墓約有三、四十座，全部是移民來的傳教士。仔細研究這些傳教士在此駐留的時間，發現有最早從一八二〇年代，一直延續到一九二〇年代，橫跨了兩個世紀。有些墳墓四周有雕飾的鐵欄杆圍著，上面咖啡色的鏽蝕訴說著它的年紀。

每個墓碑都刻有墓中人的出生與死亡日期，除了少數無法辨識的墓碑以外。從一百歲的人瑞，到一歲的嬰孩，都在墓碑的名單內。人都難免一死，只是我們如何找到我們每個人生的意義。

我踩在墓園的小徑上，並沒有陰森和恐怖的感覺，有的只是對時間這種龐大又無聲的力量之揣摩。「前人已乘黃鶴去，此地空餘黃鶴樓，黃鶴一去不復返，白雲千載空悠悠。」唐詩人崔顥的黃鶴樓忽然迴盪在我的腦海，可是這些躺臥在這裡的人，都是異鄉人，他們的處境和王維的詩句：「獨在異鄉為異客，每逢佳節倍思親，遙知兄弟登高處，遍插茱萸少一人。」畢竟是不盡相同的，中國人的離鄉背井，都希望能「少小離家老大還」，總不希望客死異鄉，而這裡的西教士，和許多深入世界各角落的宣教士一樣，都是抱著客死異鄉的使命感的。所以在這裡，似乎少了一種在唐詩中的那種鄉愁與自憐，卻有一種「醉臥沙場君莫笑，古來征戰幾人回」的悲壯感。說真的，我還真感覺到他們在此地躺臥的滿足，一點沒有要「榮歸故里」的打算呢！

虹之約

今天早晨約十點五分左右，我從教室走出來準備去上廁所，經過走廊上的窗戶，忽然看見窗外一幅令人驚聲尖叫的畫面，在遠處山腰有一道完美無瑕的彩虹，那是我自小到大看過最叫人驚喜的畫面。

突然之間，我原先略微的倦怠與憂鬱感一掃而空，心中被一種難以言喻的喜樂充滿。當時在教室裡只有一位同學坐著等上課，我告訴他外面有虹，我要去拍照，我手舞足蹈地抓了相機就衝到窗外的陽台，一會兒他也跟了出來。在短短幾分鐘裡，陽台上就匯聚了八、九個學生和老師，大家都拿著數位相機拍照，深怕彩虹會一溜煙地消失。

在《舊約聖經・創世紀》裡，虹代表著神的約定，神保守人也不毀滅地的約定。在挪亞度過四十天洪水的災難後，地上一切的活物幾乎都已滅絕，神便與挪亞立約。〈創世紀〉九章十一至十七節中說到：「我與你們立約，然有血肉的，不再被洪水滅絕，也不再有洪水毀壞地了。神說，這是我與你們，並你們這裡各樣活物所立之約的記號，直到萬代；我把虹放在雲彩中，這就作我與地立約的記號。我使雲彩遮地的時候，必有虹現在雲彩中；我便紀念我與你們和各樣有血肉的活物所立的約，水就不再氾濫，毀滅一切有血肉的物了。虹必現在雲彩中，我必觀看，紀念我與地上各樣有血肉的活物所立的永約。神對挪亞說，這是我與地上一切有血肉之物立約的記號。」

對於我而言，看見虹好像回到無憂的童年一般喜樂和自由，全人好像得了釋放，完全脫去了重擔。我忽然想起神的信實，祂的愛剎那間充滿了我，也安撫了我。因這世界有太多的背叛、咒詛、罪惡與黑暗，但是神仍然用祂與我們人類約定的記號，向我們明示，祂要拯救我們，祂要愛我們，可是我們何時才能明白和接受祂的啟示與祂的說話。當時，那叫現場觀看的人們讚嘆無比的虹，好像神的話一樣，清楚得叫我無可推諉。

在我上完一節課後，我又跑到陽台上去，盼望仍能看見一點餘韻，很奇特的，此時虹的幅度縮小，並且下降至接近地面，好像被地吸收了。對於今天的經歷，我感到異常興奮。它的出現，好像在對我們說話，從神起初創造天地到今天，經過了大約六千多年，神的音調還是如此的確鑿清晰，而它的消逝，也像餘音繞樑，三日不絕。

虹重雙

自從上次在學校看見完整的虹，兩週後，還是同一天的同一時刻，正是下課時間，有學生走進教室，淡淡的說聲：「又有虹了！」片晌後，正往座位走去時又說：「但沒有上次那麼漂亮！」

我抓了相機就往外走去。我看見虹，仍然不失興奮之情，規模與完整性仍與上次相近，只是高度似乎稍矮了些，光線亮度不如上次明亮，也許是心理因素使然，確實感覺不如上次宏偉，但是心情仍然是跳躍的，這仍是神的應許，神的約。我兒子說：「這是神要祝福我，在我的校園中有復興。」我的妻子說：「神要祝福台北盆地以及整個台島，福音要傳遍這地。」

在我努力捕捉鏡頭的同時，雨點繽紛滴落，陰情變幻快速，時幽時明，但虹一直豎立其中。當鏡頭推進遠處，仔細一瞧：「嘩！那是什麼？有兩層虹耶！」

難道這是雙重應許和雙重的保證？感謝神，在這彎曲背謬的世代中，繼續用祂的光光照我們、啟示我們，向我們展示祂的奇妙、恩典、憐憫與鼓勵，祂必要救我們，只要我們看得見，也聽得見，祂所啟示的意念。

卷六　我魂

夢裡失去的，在現實中得回

我們的夢，常是焦慮的。滿足的夢，則機會較少。

不論是焦慮的夢，或滿足的夢，在其中與之後，我們都好像失去了些什麼。焦慮的夢，我們在夢中追尋，一直追不到，東西丟了找不到，找個餐廳尋不著，寫篇作文一個字都想不起，路永遠走不完，所畏懼的東西一直在追趕，家永遠回不了。所以，從焦慮的夢醒來，我們滿頭是汗，有種失落感懸在心頭，感覺有個東西未完成，頗為遺憾，雖感慶幸，原來是夢，但總是有個陰影追問著自己，為什麼我會作這夢？

滿足的夢則是在夢裡有種自由釋放的感覺，能一躍而起，勝過地吸引力，在人面前炫耀飛行。能和朋友發展出前所未有的和諧關係。能才氣縱橫，文思泉湧。能克敵致勝，所向披靡。簡言之，在夢裡你是個超人，你可以用想像行事，以意念成就萬事。雖然在夢中飽嚐快意，不願醒來，但終究得醒來。說時遲，那時快，當你不情願地醒來，發現一切已遲，美夢原為虛幻，心中有不可磨滅之遺憾。挺想再進入夢鄉，追尋剛剛失去的狂喜感受，超越能力，美好關係，幸福氛圍。但已是驀然回首，驚覺是夢，不勝唏噓之至。

因此，只要是夢，我們醒來都有某種遺憾之感。前者有受驚嚇之憾，後者有遺珠之憾。夢中受驚嚇，實在不快。醒來發現，一切竟為虛幻，也著實令人喪氣，總是兩者都不平安。所以，俗稱有夢最美，應是指人的立志、憧憬與想像。有夢代表有希望，有前景，有可盼望的。哀莫大於心死，只要有夢就有努力的方向，人就是有希望的。然而夢是需要去實踐的，需要一步一腳印的努力實踐，才有成功的希望。

一般人總以為，現實中得不著，所以作夢以滿足慾望，聊堪自慰。但這層次低了些，因為，那是精神的自瀆。光有夢，不行動，也是空泛的。墨守成規，目光如豆，毫無夢想，也是虛有其表，未能成大局。夢雖是可以編織，可以驚駭，可以虛幻，但絕不要被夢絆跌。夢裡失去的，不要氣餒。夢裡得著的，不要得意。夢裡尋它千百遍，不如現實裡走一回。所以話應該這麼說，帶夢走路，終致成就夢想。而夢裡失去的，要在現實中得回，始為上策。要知道，現實中有許多如夢之地，正等待我們去找尋、發現和品味。保持開放的心，努力實踐，應是喜樂之道。

光的感覺

光線由不同的色光所組成，在不同的時刻，顯出不同的色彩。

有一晚，我從我家「後窗」看出去，和希區考克的電影的主角所見不同。也是從「後窗」望去，但他是用望遠鏡進行偷窺，竟然看見了謀殺案，因而展開一連串離奇的調查，過程充滿驚悚，魑魅魍魎。

我所看見的是，多彩閃爍的小霓虹燈，一個個五顏六色的光點，點綴在漆黑的後院中。那是別家人的院子，還沒有人居住，但卻裝飾得如村姑的彩繪，令人目炫。我拿著相機，撥上B快門，對著那微弱的光點按下，輕微搖晃著相機，結果屏幕上出現了綺麗的漾彩。我盯著那影像，繼續又按了幾次快門，試著以不同的方式晃動相機，結果好像是用霓虹燈畫畫一樣。

我的心也像那色彩一樣雀躍，雖然一大把年紀了，剛過半百，但不知怎麼著？心裡總還像個孩子似的，站在窗邊，幻化許多遐想。

進入不可見的光中

最近天氣異常的冷，全世界都陷入冰雪的攻擊，籠罩在白色風塵與低沈水霧中。我們需要更多的溫暖，好叫我們有力氣的活著。雙手常不經意地用力搓揉，口吐暖氣，意圖烘烤冰冷的手心。睡覺時手腳直打哆索，有時到了天明，腳趾仍是冰的。冷就像塊濕的的抹布包著你的身軀，叫你直打寒顫。世界是涼的，涼得叫你的四肢發僵。

所以，我常不自覺地跳著，叫自己的血液不至結冰，氧氣仍然有效率地供應全身。口中喃喃自語，當成一種產生熱能的方法。太陽好像很少見著，總是陰雨連綿，硬是一個溼冷了得。

坐在電腦面前，處理各樣事務，大事小事必要事與無關緊要事，一併透過電腦解決，電腦簡直成了我們貼身侍衛，不，稱為連體伴侶更為貼切。我們甩不掉它了。雖然世界很冷，但是電腦很熱，熱得叫我們心裡發慌，外面越冷，我們擁抱電腦更深。電腦好像會發熱的光體，我們像缺氧的金魚，不斷游向會發光的螢幕，奔向那湧現熱能的深淵，無底的光洞。我們在裡面安身立命、齊家治國平天下，宣洩才情，也消耗自我，至終江郎才盡。

我把收藏很久的電暖爐從牆角拉了出來，插上電，讓它發熱。它在我身邊醞釀了挺長的一段時間，終於叫我的右腿感受到熱力，可是左腿仍然冰冷，畢竟熱力仍然微弱，被夾在我雙腿中間的冷給吞噬了，消失得無影無蹤，好像那暖爐只能照顧它自己，提供它自身的溫飽，完全不管我的瓦上霜。只是，如果我要以撫摸它來取暖，又不得其門而入。因為我無法很放心地把手放在它身上，因為那又太燙了，讓我有灼燒的感覺。而我的手只是離開它五公分遠，就完全陷在冰冷的空氣中，然後，僅存的一點熱量，就立刻被周圍的冷空氣吸收掉，以致我只能在心理上感受暖爐的功能，總比沒有好吧。

什麼時候能感覺溫暖呢？就是當我們進入不可見的光中，進入創造的機制裡，和光一同做工，成為光的一份子。那時我們就是熱力的分子，以直線發射，經歷速度與時間的位差，創造也就成了熱能。那時，我們就是熱。當我們就是熱，但感覺不到熱時，我們就從寒冷出來了，創造需要熱能，創造產生熱能，創造也就是熱能。

我從電腦螢幕回過神，發覺自己冰冷的雙手有點僵硬，全身只有右腿微溫，雙腳的腳掌仍感覺冰涼，我不時地將雙手挨近暖爐，在與它將近一公分的距離處隔空挪動，我感覺到了熱能，那微熱又提醒了我，在光中的感覺。

琉璃光影

在車上，以將近七十英里的時速前進，打開B快門，讓攝影機自由的獵影。結果讓我蠻訝異的，數位相機竟能捕捉類似影片的效果。自然流動的光影線條，擴散瀰漫的金黃色調，有高貴的氣質，浪漫愜意的感覺。在其實並不明亮的夜晚，速度和長時曝光的組合，竟打造出出人意表的金色夜晚，璀璨的光華，琉璃般的景致。

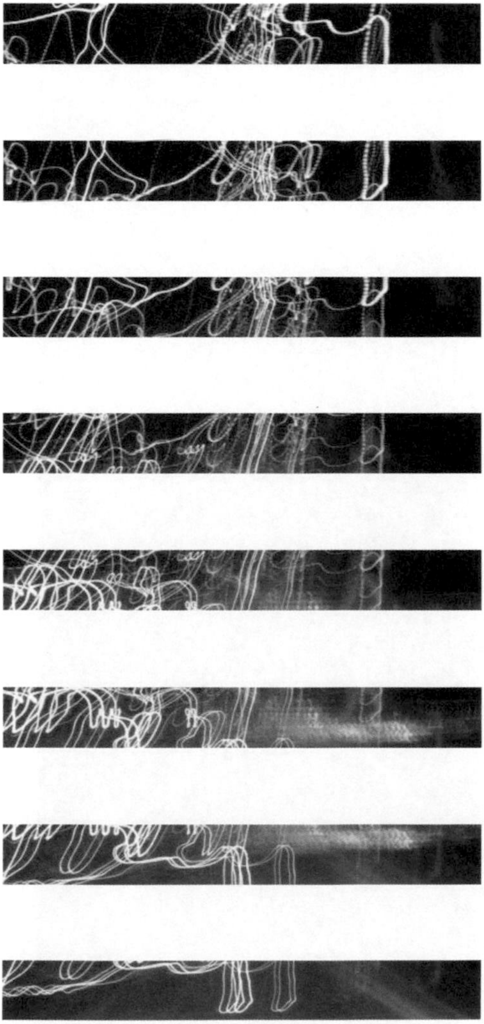

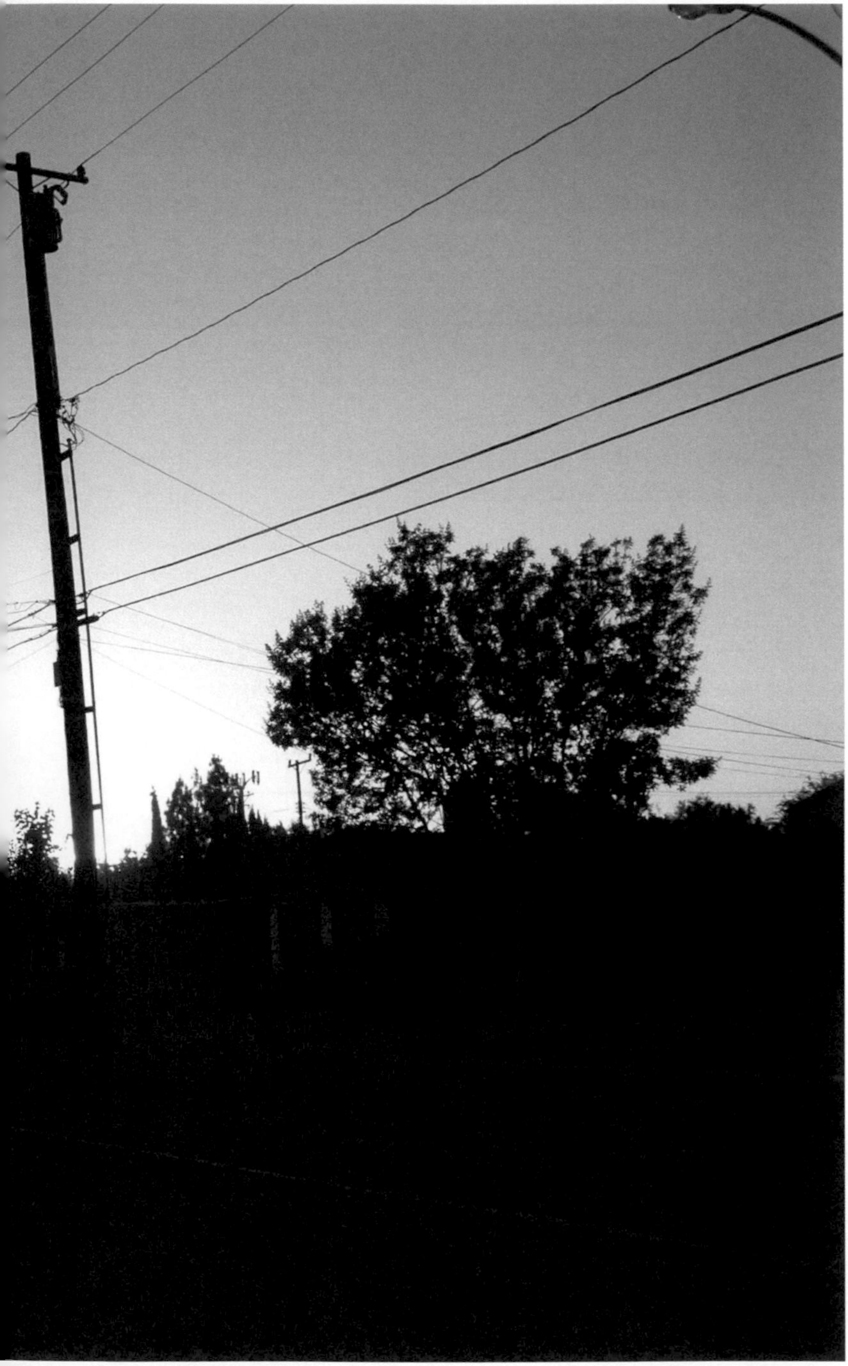

卷七　我思

新視像文學

在一個很偶然的機會裡，有個朋友說：「欸！你可以出書耶！」就是在這樣一個微不足道的鼓勵下，竟然真的成就了這事。今天，我收到印好的書了。心想，真好，好像看見剛長出來一種從沒見過的水果一樣。

我在今年初，內心好像被突然激增的腎上腺素給激動著，一直為著出書而準備忙碌；收集稿子、整理相片、排版、修稿、繼續寫稿，像被放在灑滿穀物的廣場上，努力啄食的雞，頭不停地上下擺動，永不知疲累地吃著。我覺得我的生命極為有限，必須留點東西，能夠跟別人分享。若不努力耕耘，恐怕會來不及，至於來不及什麼？我並不很清楚，只覺得若不認真的做些事，並把做事的痕跡記錄下來，我就有愧於我的生命似的。

所以，我每天都在求索，向天求索。求神給我靈感，用新鮮的思想，醫治我對健忘的恐懼。用源源不絕的異象，澎湃的感觸，填滿我虛空的心靈。我努力閱讀，也強迫自己寫作。我從沒像這段時間這樣認真過，這樣做，好像在彌補我過去的鬆散，考前惡補一般。不過，我真的不是在預備考試。我只是在把過去收藏的蠟燭點亮，看看它的火光的亮度與色澤。也好像拿著電筒，再度走進我生命的隧道，檢視路程的軌跡。我發現，路徑裡有泥沼，也有藍天。光線有時黑暗如夜，有時則耀眼欲盲。

就這樣，我好像重新遊歷了一番我的青年與壯年，一片青澀難語的日子。我感覺，人是由慾望、想像、記憶和希望所組成；慾望推動，想像安慰，記憶醫治，希望達成。它們五彩的碎片，組成了我們生命的萬花筒中，一幅幅晶瑩絢麗的圖像。

奇幻的事

現實世界裡，有哪些事是奇幻的事？新婚妻子眼中的亮光？睡夢初醒嬰孩發出的皺臉？意欲吐露心中秘密時的矜持？期待驚喜時的忐忑？

奇幻的事常超出我們的想像，叫我們的嘴角上揚，心羽翱然。奇幻的事不一定是驚天動地，叱吒風雲。奇幻的事有時只是微小的轉變，突然的看見，叫你內裡溫熱，心中怦然。

有閃耀的光的事，被愛感動的事，赦免的事，有恆久忍耐的事，存到永遠的事，就是奇幻的事。

黑暗殺人欺騙憎恨惱怒嫉妒爭競毀謗不肯饒恕，不是奇幻的事，而是無聊的事，叫人心情沮喪的事，神人共憤的事。

希望盼望溫柔忍耐祝福恩慈公義和平不斷原諒，是帶來奇幻的事的憑藉，是我們可以相信的事，應該齊心努力的事。

讓我們持續盼望希望等候，親眼看見那些奇幻的事，不斷向我們顯現，在我們有生之年。

因為這是讓眾人都高興的事。

兩條腿的狗的思索

前陣子寫了一篇關於三條腿的狗的故事，純想像性的故事。是關於我一連好幾次遇見三條腿的狗之想像性的遭遇。

我常感覺現實與虛幻似乎只是一線之間。基本上我們是活在現實裡，但我們的思想卻常成為我們活在虛幻裡的入口，進出就在一線之間，拿捏權衡也在於你自己。

不過，大部分的人是活在單一線性的世界裡，這樣可以省去抉擇的困惱。試想，當你看見一個真實的人，一天到晚被工作壓榨，被現實剝削，到了幾乎崩潰的地步。請問你應該把此事當成真實的事件，或是想成這純粹是這世界虛擬出來，為了讓你喪心病狂的幌子？在單一線性的世界裡，我們就會關上我們內裡的眼睛，把此事想成事不關己的傳奇事件。或者直接把它淡忘，雖然真實，但是因為事不關己，所以，就讓它過去吧。如此可以免去我們自我內裡的爭鬥與紛爭。

但是，如果你常常打開你內裡的眼睛，觀看身邊類超自然的事件，現實與虛幻的轉換就成了必要性的選擇，否則，你很容易發瘋。試想，當你看見一隻兩條腿的狗橫過你的面前，你會以為這世界瘋了，還是以為你自己瘋了？不，你會怡然自得地接受，因為你活著，所有發生的事情都必然是合理而可理解的，所以，兩條腿的狗必然是虛擬的。咔擦！它立即就成了現實的一部份，但是是屬於虛擬的非常合理的部份。在你的下意識裡，已經把它轉成虛擬的存在，所以你仍然可以怡然自得地生活。

然而如果，在現實裡看起來是非常真實的其實是假的，而看起來像虛擬的或虛幻的其實是真實的，那我們又當如何呢？

雲想世界

每天籠罩在我們頭上的雲，常讓我們驚喜，也常造成憂鬱，端看你用什麼態度面對他。

我認為雲是個相當fascinating的東西，似有若無，變幻莫測。他平常很溫和宜人，從不惹你的注意，像個你永遠會忽視的路人，因為路人太多了，不容你多勞去記憶。你從不會想去記住任何路人的臉孔，你看天上的雲也是這樣。我永遠記不住昨天的雲和今天的雲有何不同，也很少看見人在路邊駐足仰天看雲。或者跟朋友說聲：「走吧！我們看雲去！」或許，魔術師Dynamo從你身旁經過，開始表演魔術，也許你會駐足觀看，但是對於天上的雲會產生興趣的人，就我所知，沒有，一個也沒有。

我卻常常看雲，因為我覺得雲有個性，有無邊的創意，常激動著我的心靈。每當我仰頭看天，我從沒有失望過，除了少數灰濛無雨的日子外，他們永遠會給我想像不到的型態和氣氛。我可以花上半小時，只是看他的身影、形狀、情緒和質感。我會分析每種雲的心情和意念，試想如何描述每種雲的樣貌，雖然沒有明顯的結論。但是，思想他的出手「展演」，就足以讓我興奮半天。

八月十七日，我從捐血中心走出來，被判定不能捐血。頓時，恍然大悟，我才動完手術未滿一年，我的血不夠健康可以捐給別人，也許一輩子與捐血絕緣。這時，天空被厚厚的雲層遮滿，泛著灰藍色的陰鬱光澤。雖然半面天空被烏雲遮蔽，但另一半仍有空缺，白色的光從那邊侵襲過來，所以我可以觀賞另一半被烏雲遮蓋卻有明亮照明的天空，氣氛很是怪異。但心裡卻興奮莫名，沒有特別的理由，只受那樣的光感激動。像是雲安慰著我說：「雖然烏雲密布，但是仍有天光返照，做你的驚喜。」

我喜歡看光，也喜歡看雲，光和雲真是絕配。他們像是一種生物的兩種形態，可以彼此融合、交流、分離與滲透。雲中透光，光裡捲雲，互為表裡，渾然自得，生命的現象自然流露，溢於雲表。

其實雲是一種氣，或稱水氣，更精確地說。水充斥在天地之間，自由流轉，雜然賦流形，在自然的運作中，卻展現神來之筆，在天空的書寫。是誰在握筆，快意揮灑，令人驚艷？是誰的意念，複雜深邃，奧祕難測？還是單純若水，透明清澈，簡單像小孩子，純潔無瑕？而人是思想的動物，我們能否也在心中掬一朵雲，推一捲雲，讓世界驚艷，世人稱羨？我們的思想言論，能否也帶給世人像雲帶給我們一樣令人驚喜又亮眼的啟示？

引頸企望

過完年後，回到政戰學校上課……。

班上原有的三位同學，一位男同學抽到海軍，上船實習去了，預計五月份才會回來。一位女同學上週得了盲腸炎，住進了醫院。當我走進教室時，發現只剩一位男同學，他的個子頂高，身材瘦長，穿著一身整齊的綠色軍官服。他一見了我，就跟我報告班上同學的狀況，還有這學期要拍的紀錄片進度。

和我一起配搭的熊老師，在今年三月一日正式退休了。在剪接房中，剩下我們兩個人對談，我們的關係，更像是朋友，而不像是師生。人生的際遇說來奇特，如果我們仔細思想，會發現許多奇妙的事。我是學電影出身的，今天在這裡教電視課程，正教著一位和我兒子年紀相仿的學生。而我的兒子，在多年國外求學後，竟也決定要學電影，如今在國外向別人學著電影，好像是易子而教一樣。

這位學生的父母我並不認識，但是我相信他父母的心態，必定也和我相近，無論贊同自己兒子所學與否，都企望他們的後代能學有所長，能為社會所用，能光宗耀祖。今天別人的兒子交託在我的手中，而我的兒子交託在別人的手中，我在這個學生身上所做的每一個舉動，可能影響著他未來的腳步與榮枯，正如在國外正指導我兒子的老師，在我兒子身上所作的每一個舉動，同時影響著我兒子未來的步伐。

因此，沒有一件事是獨立而存在的，每一件事都有它看得見與看不見的關連與因果關係，我們所作的每件事，都會在一定的時間裡，回頭影響著我們自己的未來，創造或關閉我們自己要走的道路，無論我們知道不知道，或者願意不願意。所以，認真走每步路是對的。

椅子與貓

我每天經過此地，都看見那張椅子，每次看見都不免會想像；到底那張椅子是誰擺的？又是為誰而擺的？

若有個人坐在上面，景象一定很滑稽吧；若是個工人，風塵僕僕地坐在那裡吃便當，應該是蠻匹配才對，但總不免要覺得怪。只是我也從沒有看見過有人坐在那裡，每次經過，都只看見那一張空椅子，孤零零地立在那堆瓦礫的中心，連位置都沒有移動過。

「放椅子的人，一定是個有幽默感的人吧！」我心裡想。要不就是無心插柳，卻引來外人柳如蔭的遐想。

有一天我停下車，徒步走到這個廢墟的邊緣，有鐵網圍在它的旁邊，我不能進去，只能把頭貼在網上，駐立觀看，繼續思想那把椅子可能的歷史與未來。也許裝置藝術家是從這裡竊取的靈感，把這種驚人的真實感移到了美術館。它帶給人的不是美感，而是出奇的震驚、訝異，以及某種難以言喻的感動。有人曾在這個地點生活、憂傷、歡喜與失落過，一種複雜的情緒於是交織在我心裡。想著想著，雨滴突然墜落下來，臉上感到一絲冰冰的涼意。離開時，我仍扭著脖子注視著那張椅子，和那片逐漸隱去的廢石堆。

今天，我路過時不經意的轉頭一望，嘩！那是什麼？我立刻停下車，從車裡竄了出來，緩緩地向那塊地走去。

那隻安然沈睡在椅子上的貓，和椅子一樣蒙上了一層灰，難道這張椅子是為了這隻貓？

太妙了，這情節比我前面所想的更有意思，更有創意，真是超出我的天賦所能創造。神來一筆，應該比那位隱形的裝置藝術家更有才華。因為，它比空洞的景觀，更有生命，更有想像力，嗯！也許更有感力吧。

人生繪景

在我們生命中，有許多路途、遭遇和因緣際會，沒有一件事是我們可以掌握的。回想我們所經過的一切，有歡欣，有悲苦，像一條條光閃的痕跡，烙印在我們心海中。有些記憶深刻，有些則因年代久遠而顯得微細模糊，甚至成為泛光一片，找不著思路頭緒。

俗話說的好，往事如過眼雲煙，真是不堪回首月明中。然而，往事的紛亂雖如絞絲，看不出任何明顯的意義。但是我們卻是由這些往事所組成，我們成為今天這個人，是因為我們走過了過往的那些路，那些道路雖不一定相干，卻彼此形成微妙的對比、輝映與光照。

驀然回首，用形上學的觀點來看，你會發現，那些錯綜交織顯不出頭緒的往事，全部排比成一幅有意義的圖畫，像是造物主精心為你編織繪製的人生景緻，只有你自己能領會其中的深奧意義。對旁人來說，它可能是一幅光彩奪目的美景，或變化萬千的拼圖，向著周邊的人，能產生無比強烈的昭示作用。這麼說，意義是本來就有的，只是我們必須找到觀看的位置和角度。

皺紋樹

葉面佈滿皺紋，質地堅硬，大小與形狀如柚子的Begonia。據它的主人宣稱，那是世界上獨一無二的品種，連培植這類植物的專家都不曾見過這種樣式的植物。言下之意，是他自己培植出來的。

總之，外型是一回事，質地又是一回事，從外型無法得知它的質地。而它的源種更是令人費解，從外表幾乎無法知道它屬於Begonia種。

物種的變化真有啟發人心的功效，有如人類思想的流變，隨著時代、政治經濟與社會文化的變遷，思想、意義與價值都會產生變化，有時甚至由正轉負、由貴轉賤，或是意義的轉向，比如早期先民發明燻肉是為了保存食物，今天吃燻肉是為了它獨特的風味，沒有人會為了保存食物的目的而食用它。納粹軍人特殊造型的鋼盔，當初是為了安全與保護，今天偶爾在街上看見相同造型的安全帽，除了安全帽的功能之外，更是為了拉風耍酷。

因此，意義是會改變，那麼，哪些是不會變的呢？值得我們思考。

卷八　我憶

永遠的田場

今天早晨帶著渾身酸痛的肌肉醒來，吃力地爬起，坐直在床邊，雙腿像鉛塊一樣沈重地被地面吸住。

兩天前，不知為什麼，一下飛機，回到了家，就很自然的走到院子裡，看著有些區塊蔓生的雜草，逐漸掩蓋果樹和蔬菜的根部，心中便興起一種被侵犯的感覺，像是蚊子蒼蠅飛到房間裡嗡嗡作響一樣惱人。在完全不自覺下，我手中已拿著鏟子，赤手鏟起草來，鏟不起來的，直接用手拔了起來，力量不知不覺地從我的身體散發出來。我感受到除惡務盡的滋味，同時，我身體的力量，也快速耗竭。沒多久，工作沒完全做完，當我要站起身來時，發現雙腿竟酸得像連續做了二十個交互蹲跳一樣的僵硬和酸痛。心中有種除惡未盡身先軟的感受，不得不暫時放棄，打道回房。

農夫的身體就是這樣鍛鍊起來的，我想。長時間的日曬雨淋，在田野裡以堅貞的意志，如蜘蛛織網般的專一態度，只做那一件事，為了收成，不擇手段，一步一腳印地，犁田、播種、施肥、除蟲、澆灌，然後收穫。接下來，重新再來一次。如此，週而復始地，春耕、夏耘、秋收、冬藏，意義上，就是一幅蜘蛛織網的圖像。

我，當然不是農夫，只是看見土地和植物，就不免有種生長的意象在我裡面滋生。我渴望看見植物生長，每天都有新的變化，至終長成大樹，結出果實，供人享用，這是多麼令人興奮的事。所以，當我看見妨礙這事發展的事物，就要義憤填膺，起而攻之了。除雜草，是我看見菜園，首要會做的事，絕不給仇敵留任何地步。

當然，這麼做，一定有個期盼，就是收成。收成是多麼美好的事，像一直在織網的蜘蛛，在長久等候之後，終於有隻蟲入網，可以大快朵頤一樣。畢竟，吃辛苦的收成物，是最令人滿足的事啊。

當我體力漸漸恢復，我又來到園中除起雜草來。兒子從一叢大葉菜叢中摘了一支碩大菜瓜，興奮的大喊大叫：「哇！你猜這瓜有多大？」他帶著嬉笑的表情，把手藏在背後，瞬間從後面抽出一支粗細如我的手臂，長度如我的手肘一般大小的綠瓜，我們都驚訝的大笑。我想，這種喜悅，有點像是釣到了大魚般的喜樂。

今天，兒子邀請了一群年輕人來家裡potluck（分帶合食）聚會，他開始在菜園摘菜葉，在菜葉中把蟲剔掉，準備做一道生菜沙拉，這事也令我高興。因為他是自食其力，自己種菜自己吃，還能分享給人。斯土斯有財，這話不錯。然而，若能從土地中吃到你所種的，那種快樂是筆墨難以形容的。事業，從某種角度來說，就是每個人的田場，是你天天耕種的地方，勞心勞力，不辭勞苦的地方。然而，人際關係、婚姻、家庭與家園，又何嘗不是呢？是需要你投注畢生精力，而且永不能放棄的田場。

我一人在房裡，嚼著兒子今年種的生菜葉，一種青澀的菜香，沁入我的上膛。我暗暗地笑了。

兩個世界

我又走上這乾爽明亮的街道，地表乾裂，空氣中帶著寒意，涼風習習，這竟是夏日。心想，好冷的夏天。

光線永遠是充足而過量的，你需要稍微瞇著眼睛，享受從眼角滲進瞳孔的閃閃熠耀，像是在暗室中透入光線的明窗，令你渴望外面的清明爽亮。

一回神，我發現我就走在一個被光充滿的世界，街道寬敞，天空廣闊，沒有什麼建築遮住你的視線，巨大的天空下，住宅顯得低矮嬌小，個個整理得窗明几靜，一塵不染的。偶爾幾部車子開過，在每個十字路口停下，靜默幾秒，司機向左右空無一人的街道望了望，然後繼續向前駛去。好像有個無形的世界與他同時存在，他仍然需要尊重那個看不見的世界的法則，靜默幾秒，然後繼續向前行駛在自己的世界裡。車子裡坐的人，有墨西哥人，有中國人，有美國白人，還有印度人等種族。

路上真的不太有什麼行人，空曠的街道，像個道具擺飾著，像個預備用來拍電影的道具街，已經陳設完成，然而電影計畫因故延宕，至終沒有拍成。只是電影街仍然保存著，成了觀光街道。但因景物太過平常，以致乏人參觀，街景大致保持完好，只是代久年煙，面貌有點陳舊了。

四周聽不見什麼聲音，如果你用心去聽，還是可以聽見來自不遠處的高速公路的喧囂聲，相當固定而沈穩的震動著，像是在這個安靜的世界外存在著另一個世界，持續穩定地運作著。抬頭你會看見渺小的飛機，在遠方緩緩劃過天際。每隔幾分鐘，你就會看見一架，出現在不同的方向。我不由得會想，坐在機上的乘客，都在前往同一個目的地，在他們的世界裡各自忙碌著，進行著無數龐雜無可耽延的計畫。而我們都像無數交錯的前行線，其中並不存在著交集的機會。有時候，甚至連我們身邊的人，都像在我天上飛機裡的乘客一般，難有交會的日子。

在這樣安靜的世界裡，幾聲狗吠驚擾了我的心神，當我走近一道籬笆旁，狗聲越來越大，我從籬笆木板縫瞧見一隻小頭的狗，伸出鼻子向我叫著。這也難怪，平時太少人經過這裡了，以致我的出現，成了牠心頭的驚擾，非得猛力釋放壓力不可。我站在籬笆外朝牠的小臉盯了一會，牠竟面帶疑懼膽怯地退了幾步，聲音也帶著不確定性。牠可能在想，到底這樣的狂吠，是有意義的嗎？我個人覺得意義不大，但對於牠這隻甚少見人的狗，我無法苛責。也許我們真的不存在同一個世界裡呢！剛剛的交會，只是美麗的錯誤。

我走路的時光，除了偶一的狗吠，四周主體是安靜的。園中的樹很安靜，路邊的灌木叢很安靜。天空的雲也很安靜，一直不作聲地變化形狀，除非我盯著同一塊雲不動，我還可以感覺他們像是靜止的，但只要我一轉頭，多走兩三步路，然後抬頭再看看他們，他們總像換了個面貌似的，卻又裝做無事地擺著靜止的姿勢。與他們的互動，使我像個走路不專心的小孩，路程總是被他們的頑皮耽延著。

這地的生氣，若沒有烏鴉來嘎一角，恐怕要一將功成萬古枯了。烏鴉的確是擾人的動物，從他們的長相、飛行的姿態，到牠們的叫聲，都叫人不快。我原本心情寧靜，與世無爭。但先是聽見一聲、兩聲「阿！阿！阿！……。」，然後一連串的「阿！阿！阿！……。」沙啞乾燥的叫聲，讓我的心情像平靜的湖面，突然翻騰不已。牠們在我頭頂上四處盤旋，大聲叫嚷，好像在對我品頭論足，如一群三姑六婆在巷道中嚼舌頭般地，大肆喧嚷著。

我加快腳步，迅速逃離了牠們的陣地。片晌後，總算清淨了，我再度放慢腳步，回到我原來的步調。只是有一剎那間，我猶豫了。我不太確定，我現在所處的世界，到底是我來時的世界，還是我已經從原來的世界，跨越到一個新的世界裡去了呢？

此時，天空又迅速變換了一個姿態望著我，好像帶著忍笑的表情。

美地雜思

我拿著相機，走到東洛杉磯Arcadia市的街道上，時間已經是晚上七點鐘左右，天色還很亮。我藉著散步，美國的生活記憶，又再度浮現。

下午六點多，我開著車上了Duarte大道，沒多久就來到了一個商店區。我把車停好，沿著商店的走廊逛著。夕陽金黃色的光芒，從我的左前方斜斜照射在走廊的的地面上，形成一道道狹長的影子。陽光相當刺眼，以致我必須瞇著眼緩慢地走著。

走到最後一棟商店，我推門進去，裡面竟是一個挺大的食物廣場，有賣各樣的華人速食；雲麵、燴飯、宮寶飯、炒麵、自助餐、燒臘、海南雞飯等。我叫了一份二菜一湯的自助餐，一個華人女侍給的份量多到只需點兩道菜就足夠讓整個飯盒充滿。我找個座位坐下，津津有味的吃了起來。吃完飯，肚子撐了起來。我決定把車開回朋友住處，再出來散步。

我把車停在路邊，回朋友住處，拿了相機，就走上街頭。我踱步在東洛杉磯Arcadia市住宅區的街道上，時間已經是晚上七點鐘左右，天色還很亮。我想藉著散步的運動，欣賞附近的街道景觀，回味一下在美國居住的記憶。

在八〇年代來到美國洛杉磯讀書，待了十年後便告老還鄉。當初因為想在美國定居，於是在Alhambra買了一棟公寓，然而這個夢想並未成功，因情勢所逼，就回台灣了，一轉眼就是二十年。我兒子雖在美國出生，但四歲就跟著我們回了台灣，到了國中，又隻身來到美國讀書。這段時間，每隔半年或一年，我就要回美國看兒子、處理房子，以及拜訪朋友。這樣的來回，多年來，已成為我生活的慣例。

我喜歡美國寬敞清幽的環境和空間，空氣乾燥，光線明亮，夏天不會全身黏搭搭的。只是離開久了，這樣的感覺，也就像曇花一現，漸漸從我的生活中淡出。我再度習慣生活在地小人多，夏熱冬冷的台灣了。每次來美國，還是常會搞錯時令，抓不著冷熱的節度。夏季白天在豔陽下，酷熱難耐，有被烤焦的感受。夜間沁涼寒氣逼人，還得蓋棉被才能安睡。

在林蔭大道中，有點不知身在何處之感。這裡算是美國的高級住宅區，每戶的庭園都整理得乾淨整齊，優雅怡人。但是少見主人在院子裡出現的，或僅是站在庭院中欣賞一下自己的家園，心想一下：「嗯！住在這裡真好！」。各樣高雅的安置與規劃，似乎只為了提供給像我這樣的過客觀賞而設計一樣，因為明天我又不在這兒了。也許，這就是現實，我們是有能力可以到此一遊，路經此地，但我們卻毫無能力與資格住在此地。地主對景觀所費的心思，對過客算是一種施捨與憐憫吧。

夏天的白晝真的好長，太陽斜掛在地平線上，從遠處屋簷上照射在街道的樟樹上，點狀的葉子映射夕陽的光輝，幻化成一顆顆黃金珠子，掛在樹枝上。因為數量繁多，令你分不出顆粒之間的差異，看起來就好像金光閃閃的霓虹燈飾。路邊住戶，有些花園像自然生態公園，有些則顯得異常人工化，用割草機削平的灌木叢，像理成正方形的高中生平頭。有合併式的獨立屋與公寓，也有獨門獨院的大住宅。格式並不統一，沒有兩棟建築是一模一樣的。

我繞了兩條街後，又走回原點，天色才漸漸暗了。我看見電線上停駐了一隻身形細長的鳥，那隻鳥正是我朋友曾跟我描述過的一種地域性很強的鳥，羽毛是灰色的，翅膀伸開的話，可以看見一個像日本國旗似的一個圓形標誌。牠會攻擊松鼠、烏鴉和麻雀等入侵牠們領土的動物，而且以團隊方式展開攻擊，把別類驅離。我想，我們是不是也像停泊在電線上的灰鳥一樣？有很強的地域性，絕不容許別類入侵到我們居住或遊戲的範圍？而我們又如何區別善意與惡意的接觸或入侵呢？或者我們應該容許漸進式的融合呢？還是得滴水不漏地防堵外來的接觸與入侵？這包括我們的領土、生活、文化、宗教，以及意識型態。

每次我來美國，這邊的生活、自然景觀、人際關係與思想模式，會再度的入侵到我的意識裡。我總是得再度接受一次文化的洗禮，不一樣的人，不一樣的事，不一樣的生命風景，會再度撥動我的心弦，激盪我的思緒，而且餘音裊繞。

油菜花田

剛到美國的第一個主日，聚完會清華姊妹帶我和一位她以前服事過的一位大學生，到附近的油菜花田去看看。

清華姊妹過去在教會裡服事過大學生，就是她的在美求學母校的學生。我們聚完會用餐時，她遇見一位剛畢業的學弟，就帶著我們出到近郊，看看她認為挺壯觀美麗的油菜花田。清華開車的身手相當俐落，沒幾分鐘的光景，我們已來到油菜花田的籬邊。

我們走出車子，雨正稀稀落落地下著，清華到後車廂拿出一把傘，給我和那位畢業生使用，並把她母親留在車上的一件白色鵝毛

外衣，給我穿上，因為天氣有點寒冷。我們往籬邊走去，那位畢業生為我撐著傘，我則拼命按著快門。放眼望去，一片黃色的油菜田，讓我想起我妹妹曾畫過的一幅油畫，就是這種景致，應該也是在這附近取的景。黃花已經不算旺盛，但遠處仍然被黃色醞染，真像油畫的感覺。天空相當陰沈，冰冷的雨滴偶爾打在我的臉上和手上，感覺特別的沁涼。

在飄雨的陰天欣賞風景，也別有一番滋味。清華說接下來一週有storm，又颳風又下雨，我心裡還有點不信，心想美國這乾燥的地方怎會有storm，還是暴風雨耶！接下來的一週，真的陰雨連綿，又雨又晴，又颳風又下雨的，聽這兒的居民說，有幾年沒有這樣的天氣了，這也是我第一次嚐到每天都可以坐在家窗前看雨、看晴、看風和看快速變換的氣候的滋味。

乞討的松鼠

我去年暑假和妹夫與朋友去優勝美地去玩，對那兒的自然生態與景觀，相當令我讚嘆，清爽明亮的景致，總是讓我屏氣凝神。

沿路上，除了大氣而乾淨的山壁、壯闊的山谷，以及一望無際碧藍的天空外，令我感到小有趣味的事，是意圖與人親近的松鼠。

當我們走到旅客常聚的休息點時，會有松鼠逐漸接近我們，想向我們乞討食物。這有點違反我原有的先見，也許是偏見；松鼠這極為膽小的動物，竟然敢接近人類！

真的，牠有點像「綠色奇蹟」中的小老鼠，從監獄儲藏間的房門跑了出來，爬到幾位獄卒面前，站起身來，頭一顫一顫地，像點頭一樣地望著幾個坐著和站著的警官，令他們看傻了眼。我第一次看見那松鼠試圖接近人時，也讓我看得兩眼發直，不忍離去。

後來，在走了大約八英哩的崎嶇的上坡路後，我們來到了終點，Half Dome。在那巨大的被削成一半的山壁下，我們歇息著。陽光仍然刺眼而熾熱，我們在光禿禿的石頭上找尋遮陰的角落，但是不得其所，仍然只能曝曬在烈焰般的陽光下。就在這時，松鼠又出現了，牠像個固執的小孩，不從遊客手中討到幾塊錢絕不善罷甘休似的。

我在那兒觀察牠的動靜，牠幾乎不為我貪婪注視的眼光所干擾，持續逼近我的朋友，我朋友似乎累攤了，不太理會那松鼠。牠只好自己動手搜尋了，在他放在地上的背包上鑽來鑽去，總想從裡面找到點什麼的。不過，牠並沒有成功。最後，牠也熱得趴在地上喘息。

電影中，我們常看見會說話的動物的角色，牠們往往象徵了某種類型或性格的人物。兒童非常容易向這些角色認同，對於牠們在電影中說話的事實也覺得挺自然的。在肉弱強食的世界裡，我們已經習慣看見獅子老虎吃掉斑馬或小鹿，當獅子和老鼠同行，或互相撫慰時，似乎有違我們對自然世界的理解。難道，世界本來是這樣的嗎？「納尼雅傳奇」中的童話世界就是虛無的嗎？我們目前所看見的現象就是事實嗎？

也許換一種思維，會使我們的度量放大一些，這世界殘酷的本質就要斧崩瓦解。獅子就要說話，為公義而怒吼，老鼠要在草中除惡，斬斷惡人的腳跟，花朵要匯集起來飛舞，為著善良的小孩歌舞，樹木要拔地而起，把殺人的投石器絞碎，那又是多麼令人快意的事。

張望

忘了是去辦什麼事情，我經過捷運的天橋下。

眺望遠處因距離而以等比例縮小的橋墩、蜿蜒的小道，還有一位身軀不瘦，但身形顯得相當藐小的婦人，在遠處望著我。我直直地向她望去，看不見她的眼睛是否正望著我，但明顯感覺到她在打量著我的企圖，不時地往我這兒張望。為了避免尷尬，我把眼光轉離她的方向，假裝看著四周的風景。

當我轉頭四望的時候，看見一隻穿了件T恤的狗。樣子很友善，面容很和藹，如果牠有表情的話，看起來像是有著溫煦的微笑的表情。我駐足望了牠一會兒，牠並沒有跟我四目相對地對望，似乎很專注地在找尋東西。是找主人嗎？因為四周沒有人，除了遠處那位時時打量這我的那位婦人外，一個人影都沒有。如果是她，為何距離牠這麼遠？好像把牠拋棄了一樣。如果牠是她的狗，那麼，她是在注視我會對她的狗有任何不軌的舉動嗎？我當然不會作什麼，也不想作什麼，為什麼我會有這種無謂的罪咎感呢？是她那過遠而無法辨識的眼光嗎？

為了解脫我自己給自己找來的不自在，我把目光再度集中在穿T恤的狗身上。那是一隻看起來有點滑稽的狗，不知為什麼的，我竟覺得牠像穿了件汗衫的老兵一樣，兀自從階梯上走下，跑到河堤邊的草地上徘徊。接下來，我發現那隻狗開始在地上嗅來嗅去，似乎在找尋排便的地方。然後，我突然又覺得牠仍只是一隻狗而已。因為我相當專注於觀看那隻狗的行動，所以，我暫時從那遠處婦人監督的眼光中得了釋放。

發現狗的意圖後，我突然對牠喪失了興趣，便轉身離開。離開時，我從那位婦人的身邊經過，我壯起膽朝她看了一眼，發現她迴避了我的眼光，正在看著其他的方向，而且本來就在看著她一直在看的東西，反正不是看我就對了。我不由自主地想，剛剛所發生的一切，其實並不是她所關注的事情，那分明是說出我的多心與多疑。想到這裡，我已經與她擦身而過，我有點緊繃的心，感到了小小的解放。

只是，那隻穿T恤狗到底是誰的呢？我走遠了之後，仍不自覺地想著這問題。

圍牆上的玻璃

猶記得小時候，我哥哥曾忿忿的告訴我，他最恨圍牆上的玻璃，那種表示對人的防備、警戒與不信任的刺人玻璃，一方面象徵了恐懼，一方面也象徵了敵意。

這種玻璃有好幾種型態，有敲碎的窗戶玻璃，有打破的玻璃瓶玻璃，有琥珀色、暗綠色等不同顏色，也有厚薄、大小不等的形狀。最特別的，還有以鐵釘倒著鑲嵌在水泥中的。這些景象充滿了我們童年的記憶中，看見這樣的圍牆和建築，總是叫人敬而生畏，不知主人畏懼的是什麼？敵視的又是什麼？

我的外甥，服役期間放假回家，因誤踩軍營門口地面防止車輛駛入的鋼釘，傷口深及腳背，住院及返家修養長達兩個月。設防的心，固然為了安全，但它的週邊效益，就是傷及無辜。像是兩國邊界埋藏無數的地雷，不見得能炸到幾個敵人，但卻常有民眾和清地雷人員傷亡的報導。

小時候，在我腦海中還有一幅景象揮之不去，就是有個小孩在爬學校鐵欄杆時，因遭受校內員工嚇阻驚嚇，在逃亡之際，不甚被欄杆頂端尖刃插在下巴上，上下不得，而大聲哭叫。那幅景象對我來說，簡直恐怖無比，而我卻手腳發軟，無力拯救。我不知後來他怎麼脫險的，這中間的記憶已經空白，但後來我總算鬆了一口氣，當我第二天經過該處，並沒有看見那小孩的屍體懸掛在那裡。

今天，雖然我已經快五十歲了，但是每當我看見有刺和有玻璃的圍牆時，我的心總是會有微微的震撝，一種無名的刺痛感襲上心頭。聖經裡說，人類因為墮落，所以地就長出荊棘，就是帶刺的植物，使人畜不可接近，也不可食用。人必須汗流滿面耕種，方得餬口，意思是說，這種帶刺的植物，乃是因為人類的罪所產生的結果，本質上是一種咒詛，來自人的罪性。而今天人類也用這種荊棘似的物品，來防範人類的罪行，以其人之道，還治其人之身。所以，每當我看見這樣的標誌，不免要駐足三思，築牆工人是以怎樣的心情來蓋造這樣的牆呢？我們的社會是否仍然需要這種牆呢？

釀文學152　PG0996

不可見的光
──井迎兆散文集

作　　者　　井迎兆
責任編輯　　鄭伊庭
圖文排版　　賴英珍
封面設計　　秦禎翊

出版策劃　　釀出版
製作發行　　秀威資訊科技股份有限公司
114 台北市內湖區瑞光路76巷65號1樓
電話：+886-2-2796-3638　傳真：+886-2-2796-1377
服務信箱：service@showwe.com.tw
http://www.showwe.com.tw
郵政劃撥　　19563868　戶名：秀威資訊科技股份有限公司
展售門市　　國家書店【松江門市】
104 台北市中山區松江路209號1樓
電話：+886-2-2518-0207　傳真：+886-2-2518-0778
網路訂購　　秀威網路書店：http://www.bodbooks.com.tw
國家網路書店：http://www.govbooks.com.tw
法律顧問　　毛國樑　律師
總 經 銷　　聯合發行股份有限公司
231新北市新店區寶橋路235巷6弄6號4F
電話：+886-2-2917-8022　傳真：+886-2-2915-6275

出版日期　　2014年1月　BOD一版
定　　價　　320元

國家圖書館出版品預行編目

不可見的光：井迎兆散文集 / 井迎兆著. -- 一版. --
臺北市：釀出版, 2014.1
面； 公分. --
BOD版
ISBN 978-986-5871-74-1(平裝)

855 102015150

讀者回函卡

感謝您購買本書，為提升服務品質，請填妥以下資料，將讀者回函卡直接寄回或傳真本公司，收到您的寶貴意見後，我們會收藏記錄及檢討，謝謝！

如您需要了解本公司最新出版書目、購書優惠或企劃活動，歡迎您上網查詢或下載相關資料：http:// www.showwe.com.tw

您購買的書名：＿＿＿＿＿＿＿＿＿＿＿＿＿＿＿＿＿＿＿＿

出生日期：＿＿＿＿年＿＿＿＿月＿＿＿＿日

學歷：□高中（含）以下　□大專　□研究所（含）以上

職業：□製造業　□金融業　□資訊業　□軍警　□傳播業　□自由業

□服務業　□公務員　□教職　□學生　□家管　□其它＿＿＿

購書地點：□網路書店　□實體書店　□書展　□郵購　□贈閱　□其他

您從何得知本書的消息？

□網路書店　□實體書店　□網路搜尋　□電子報　□書訊　□雜誌

□傳播媒體　□親友推薦　□網站推薦　□部落格　□其他＿＿＿＿＿

您對本書的評價：（請填代號　1.非常滿意　2.滿意　3.尚可　4.再改進）

封面設計＿＿　版面編排＿＿　內容＿＿　文／譯筆＿＿　價格＿＿

讀完書後您覺得：

□很有收穫　□有收穫　□收穫不多　□沒收穫

對我們的建議：＿＿＿＿＿＿＿＿＿＿＿＿＿＿＿＿＿＿＿＿

＿＿＿＿＿＿＿＿＿＿＿＿＿＿＿＿＿＿＿＿＿＿＿＿＿＿

＿＿＿＿＿＿＿＿＿＿＿＿＿＿＿＿＿＿＿＿＿＿＿＿＿＿

＿＿＿＿＿＿＿＿＿＿＿＿＿＿＿＿＿＿＿＿＿＿＿＿＿＿

請貼
郵票

11466
台北市內湖區瑞光路 76 巷 65 號 1 樓
秀威資訊科技股份有限公司 收
BOD 數位出版事業部

（請沿線對折寄回，謝謝！）

姓　　名：＿＿＿＿＿＿＿＿　年齡：＿＿＿＿　性別：□女　□男

郵遞區號：□□□□□

地　　址：＿＿＿＿＿＿＿＿＿＿＿＿＿＿＿＿＿＿＿＿

聯絡電話：(日)＿＿＿＿＿＿＿＿　(夜)＿＿＿＿＿＿＿＿

E-mail：＿＿＿＿＿＿＿＿＿＿＿＿＿＿＿＿＿＿＿＿